Nahid ist sechzig und hat nicht mehr lange zu leben. Nun will sie ihrer schwangeren Tochter Aram ihre Geschichte erzählen: Wie sie sich 1980 als Medizinstudentin in Teheran in den charismatischen Marxisten Masood verliebte. Wie sie im Überschwang ihre jüngere Schwester zu einer Demo mitnahm, die blutig endete und von der die Schwester nie mehr zurückkehrte. Wie sie gemeinsam mit Masood nach Schweden floh - ihre Tochter sollte in einem freien Land aufwachsen. Doch es fällt Nahid schwer, den richtigen Ton zu finden und ihre wahren Gefühle zu offenbaren.

GOLNAZ HASHEMZADEH BONDE, 1983 im Iran geboren, kam als Flüchtlingskind nach Schweden. Sie studierte an der Stockholm School of Economics und wurde eine der 50 Goldman Sachs Global Leaders. Sie gründete und leitet Inkludera Invest, eine NPO zur Unterstützung von Unternehmen mit sozialen Anliegen. »Was bleibt von uns« ist ihr erstes Buch auf Deutsch.

Golnaz Hashemzadeh Bonde

Was bleibt von uns

Roman

Aus dem Schwedischen
von Sigrid C. Engeler

btb

Die schwedische Originalausgabe erschien 2017
unter dem Titel »Det var vi«.

Der Verlag Nagel & Kimche dankt dem Swedish Arts Council
für die freundliche Unterstützung.

Verlagsgruppe Random House FSC® N001967

1. Auflage
Genehmigte Taschenbuchausgabe Juni 2020
btb Verlag in der Verlagsgruppe Random House GmbH
Neumarkter Straße 28, 81673 München
Copyright © 2017 by Golnaz Hashemzadeh Bonde
Copyright © der deutschsprachigen Ausgabe 2018
by Verlag Nagel & Kimche AG, Zürich
Published by arrangement with Ahlander Agency
Covergestaltung: semper smile, München,
nach einem Entwurf von Little Brown
unter Verwendung von Motiven
© Getty Images/Hulton Archive
Druck und Bindung: GGP Media GmbH, Pößneck
MK · Herstellung: sc
Printed in Germany
ISBN 978-3-442-71877-1

www.btb-verlag.de
www.facebook.com/btbverlag

Für Noor Koriander

Meine Mutter sagte: Wenn du die Umstände als mildernde betrachten könntest, würdest du mich glimpflicher davonkommen lassen.

Athena Farrokhzad, *Vitsvit*

ICH GLAUBE, DER Tod war immer bei mir. Vielleicht ist das banal, vielleicht sagen das alle, die sterben müssen. Aber ich möchte gern glauben, dass ich besonders bin, darin genau wie in allem anderen. Ich glaube das tatsächlich. Als Masood starb, habe ich gesagt, unsere Zeit war geliehen. Wir hätten nicht so lange leben sollen. Wir hätten während der Revolution sterben sollen. In ihrem Nachbeben. Im Krieg. Aber ich bekam noch dreißig weitere Jahre. Mehr als mein halbes Leben. Das ist viel. Dafür muss man dankbar sein. Das sind genauso viele Jahre, wie meine Tochter alt ist. Ja, so kann man das betrachten. Ich durfte sie formen. Aber sie hat mich nicht so lange gebraucht. Eigentlich hat das niemand.

Als Elternteil meint man, man würde gebraucht. Das stimmt nicht. Menschen kommen immer zurecht. Wer sagt denn, dass die Summe aller Belastungen, für die ich verantwortlich bin, geringer sein sollte als die Summe aller Entlastungen. Ich glaube nicht, dass sie es ist. Ich bin kein Mensch, der mehr entlastet als belastet. Das sollte ich sein. Als Mutter. Das ist mein Job. Entlasten, andere entlasten. Ich habe das nie für jemanden getan.

«SIE HABEN NOCH maximal ein halbes Jahr zu leben», sagte die blöde Hexe.

Sie sagte es so, wie man eben etwas Bedauerliches mitteilt. Wie die Erzieherin in der Kita, die mir mitteilt, Aram habe sich gestoßen. Bedauernd. Etwas schuldbewusst. Die Hexe sah mich dabei nicht an, starrte auf den Bildschirm des Computers. Als wäre da die Wahrheit zu sehen. Als hätte der Bildschirm zu leiden. Dann liefen ihr die Tränen über die Wangen, und sie sah zu Boden. Jetzt war sie die Betroffene. Diejenige, die Trost brauchte.

Halt den Mund!, möchte ich schreien. Wer bist du, mir zu sagen, dass ich sterben werde? Wer bist du zu weinen, als hätte mein Leben in irgendeiner Weise mit dir zu tun? Aber ich schrie nicht. Nicht dieses Mal. Ich überraschte mich selbst.

«Ich will mit Ihrer Chefin sprechen», sagte ich stattdessen.

Sie war verblüfft. Fand wohl, das sei die falsche Reaktion. Dass ich auch weinen müsste. «Es ist schwer, das verstehe ich ... Schwer, sich das anzuhören. Aber mit wem Sie sprechen, bedeutet keinen Unterschied», sagte sie. «Die Tomographie, das Ergebnis der Gewebeprobe. Alles ist eindeutig. Sie haben Krebs. Und der ist ... Der ist weit fortgeschritten.»

Sie schwieg und sah mich an. Erwartete einen Gesichtsausdruck, der ihr bestätigte, dass ich begriffen hatte. Aber der kam nicht, so dass sie fortfuhr. «Es handelt sich um Stadium vier. Bei dem Krebs. Das bedeutet, dass Sie nicht mehr lange haben.»

«Halten Sie die Klappe!» Jetzt sagte ich es. «Ich bin Krankenschwester, ich habe fünfundzwanzig Jahre lang in der Pflege gearbeitet. Ich weiß, dass Sie so etwas nicht zu mir sagen dürfen. Sie haben keine Ahnung, wie lange ich leben werde. Sie sind nicht Gott!»

Sie zuckte auf ihrem Stuhl zusammen. Sie war aufgeregt, das sah ich. Sie war in den Dreißigern. Hatte die Haare zu zwei kindlichen Rattenschwänzen frisiert. Auf dem Schreibtisch das Foto eines Babys. Ich schüttelte den Kopf. Sie hatte keine Ahnung von dem, was sie wusste und was nicht.

Wir schwiegen beide, bis sie die Tränen mit dem Ärmel abwischte und ging. Eine Weile blieb ich wie versteinert sitzen, dann bückte ich mich nach der Handtasche und nahm das Handy heraus. Ich sollte jemanden anrufen. Ich sollte meine Tochter anrufen. Sagen: *Hallo, mein vom Unglück verfolgtes Kind. Jetzt wird deine Mutter auch sterben.*

Verdammt. Stattdessen beginne ich, Zahra eine SMS zu schreiben. Aber ich lösche sie. Was sagt man? *Hallo, meine Freundin, all das Kämpfen, und jetzt ist Schluss.* Ich kann nicht.

Ich höre zwei Stimmen näher kommen, die Ärztin und ihre Chefin. Sie bleiben vor der Tür stehen. Flüstern. Hier im Behandlungszentrum begegnen sie dem Tod wohl nicht so oft. Sie diskutieren, wer hineingehen und das Gespräch mit mir führen soll. Sie wollen weiterkommen. Sich dem nächsten Patienten zuwenden. Bei einer sterbenden Frau sitzen und sich um ihren Mist kümmern, das ist das Letzte, was sie wollen. Ich überlege. Soll ich zusammenpacken und einfach gehen? Es ihnen ersparen. Es mir selbst ersparen. Ich greife nach dem Mantel. Er ist rot. Ich bücke mich nach der Tasche. Die ist auch rot. Ich blicke auf meine Stiefel. Auch rot. Alle diese banalen Dinge, die mir wichtig sind. Wichtig waren. Meine Hände beginnen zu zittern, dann die Schultern. Ich lasse die Tasche auf den Boden fallen. Versuche, das Schluchzen zurückzuhalten. In dem Moment öffnen sie die Tür. Kommen herein. Sehen mich. Ich merke, dass sie kehrtmachen und gehen wollen. Ich will sie nicht erschrecken. Ich versuche zu lächeln. Aber es überfällt mich kalt. All das, wovon sie keine Ahnung haben. All das, was keiner in diesem verdammten Land versteht, trotz all ihrem Wissen. All das, was mit Schmerz und Verlust und Kampf zu tun hat. Ich weine. Ich weine und weine. Sie weint auch, die erste Ärztin. Die Arme. Sie glaubt, sie hätte etwas zu weinen.

JEDENFALLS ENTSCHULDIGT SIE sich. Die ältere Ärztin. Sagt, sie hätten keine Ahnung, wie lange ich noch leben werde. Es könnten einige Wochen sein, es könnten einige Jahre sein.

«Aber Sie werden an Krebs sterben», sagt sie. «Es ist am besten, dass Sie offen damit umgehen, dass sie es Ihren Angehörigen mitteilen. Besonders Ihren Kindern …»

Sag du es doch meinem Kind, denke ich. Ich glaube nicht, dass ich das wirklich sage, denn sie fährt fort. «Wissen Sie, das kann schwer sein. Ehrlich sein, gerade seinen Kindern gegenüber. Aber sie müssen es wissen. Damit sie sich vorbereiten können.»

Erstaunt sehe ich sie an. Sie versteht mein Erstaunen nicht, aber sie versteht, vermute ich, dass es für mich keine andere Art gibt, sie anzusehen.

«Masood ist gerade gestorben … ihr Vater. Er ist vor kurzem gestorben», sage ich.

Sie nickt.

«Er starb plötzlich, unerwartet. Glauben Sie nicht, dass das besser ist? Für Aram, meine Tochter? Als mit dem Tod zu leben. Auf ihn zu warten. Ist es nicht besser, wenn ich einfach eines Tages sterbe?»

«Ich weiß es nicht», sagt sie. Als hätte ich eine richtige Antwort erwartet. «Aber Sie werden Ihre Tochter brauchen. Das wird nicht leicht.»

Sie hält mir eine Broschüre hin. Sich auf den Tod vorbereiten oder etwas in der Art. Ich schüttle den Kopf. «Ich werde nicht sterben! Ich werde kämpfen. Ich will sofort mit der Behandlung beginnen!»

Sie zögert. «Ja, wir überweisen Sie. Aber es gibt eine Wartezeit. Jetzt ist ja bald Ostern. Es kann einige Zeit dauern, bevor Sie eine Behandlung bekommen, Nahid.»

Ich lehne mich vor. «Aber Sie haben doch gesagt, dass ich sterben werde. Ich sterbe, wenn wir nichts tun. Es ist dringend!»

Sie schüttelt den Kopf. «Krebs ist nicht so dringend. Einige Wochen früher oder später spielen keine Rolle, Nahid.»

«Und was ist es dann, wenn es nicht dringend ist?»

«Also. Sie müssen Ihren Krebs als chronische Erkrankung betrachten.»

Mit hochgezogenen Augenbrauen sehe ich sie an. «Chronisch? Wie kann Krebs chronisch sein, wenn ich bald sterben werde?»

«Es tut mir leid.» Sie lehnt sich an den Türrahmen, hat nicht einmal den Raum betreten. Sie bleibt dort stehen, mehrere Meter von mir entfernt. Als wäre er ansteckend. Der Krebs. Der Tod. «Es tut mir leid.»

Ich stehe auf. «Es braucht Ihnen nicht leidzutun. Noch bin ich nicht tot.»

Ich nehme den Lippenstift und male mir die Lippen an. Zeige, dass ich stark bin. Ich gehe. Gehe an ihnen vorbei. Sie rufen hinter mir her, aber ich gehe weiter. Eilig. Ich beeile mich, um mich nicht umdrehen zu müssen und mich in ihre Arme zu werfen und sie um Trost zu bitten. Um Zuspruch und um Trost zu bitten.

Erst zuhause sehe ich, dass die Wimperntusche über die Wangen gelaufen ist. Ich habe über den Rand der Lippen gemalt und sehe erschreckend aus. Ich bin die Hexe. Die Vogelscheuche. Ein ausgestopfter Mensch. Ein toter Mensch. Jemand, der nicht weiß, wie es ist, am Leben zu sein.

MIR BLEIBEN NOCH sechs Monate zu leben. Oder ein paar Wochen. Oder ein paar Jahre. Ohne erst mein Gesicht zu säubern, setze ich mich aufs Sofa. Die Hände auf dem Schoß, sitze ich einfach da und frage mich, was man jetzt tut. Was tut man, wenn man erfahren hat, dass man sterben wird?

Die Körbe mit den Papieren auf dem Teppich. Sie stehen dort seit Monaten, vielleicht seit Jahren. Ich denke, wenn sie dort stehen, werde ich mich um sie kümmern. Sie auflösen. Vielleicht sollte ich das jetzt tun. Meine Papiere durchsehen. Zusehen, dass alles in Ordnung kommt. Alte Telefonrechnungen. Kontoauszüge. Steuererklärungen. Eigentlich gab es für diese Körbe doch überhaupt nie einen Grund. Das kann alles weggeworfen werden. Man muss es nur tun.

Das muss dann Aram tun. Dann. Anschließend.

Ich nehme Block und Stift vom Tisch. Beginne zu notieren. Erinnere mich, dass auch alle meine Aufzeichnungen in diesen Körben liegen. Sollte die wenigstens herausnehmen, wegwerfen. Was wird sie denken, wenn sie darin liest? Sie wird verstehen, wie einsam ich gewesen bin. Wie wütend ich gewesen bin. Ich sollte sie schützen wollen, aber ich will nicht. Lass sie! Lass sie meinen Schmerz kennenlernen. Ich weiß, dass es falsch ist, dass mein Mutterinstinkt mir etwas anderes sagen sollte. Aber das tut er nicht, also lass es.

Der Stift gleitet übers Papier. Ich will wissen, was ich zurücklasse. Als ich von Masood geschieden wurde, nahm er alles. Ich bekam nichts. Seither habe ich gesammelt. Gesammelt und aufgebaut. Sicherheit aufgebaut. Eine Zukunft aufgebaut. Und dann gibt es keine? Ich lache auf. Es gibt keine Zukunft. Wenn die Menschen das wüssten. Da verwendet man so viel Zeit darauf, sich eine Zukunft vorzustellen und sie zu planen; und dann auf einmal gibt es keine. Wer hätte das gedacht.

Hätte ich anders gelebt, wenn ich das gewusst hätte? Darauf gepfiffen, einen Schichtdienst nach dem anderen zu übernehmen? Auf Kreditkarte gelebt und große Schulden hinterlassen? Ich bin mir nicht sicher. Vielleicht. Vermutlich. Ich meine, warum denn nicht. Welche Überlegung hätte mich aufhalten sollen?

Ich schreibe. Die Wohnung, in der ich lebe. Der Goldschmuck im Bankschließfach. Die verdammten Telia-Aktien, mit denen sie uns reingelegt haben. Das Geld auf dem Sparbuch. Das Reservegeld im Schrank. Ich schreibe, addiere. Das ist viel. Das ist viel Geld!

Einen Moment lang denke ich, das ist viel Geld für eine wie mich. Aber nein, das ist falsch. Es gibt in diesem Land mehr als genug Menschen, die hier geboren und aufgewachsen sind, die nichts haben, die nichts können, nichts konnten. Die zu bequem waren, zu faul. Die nicht haben, was ich habe. Die nichts hinterlassen.

Das ist nicht nur viel Geld für eine wie mich. Es ist viel Geld. Es ist viel Geld für Aram. Wenn sie das nicht begreift, kann sie es sich an den Hut stecken! Kriegskind. Sie muss dankbar sein. Sie wird dankbar sein, das weiß ich. Eigentlich hat sie mehr von dem Geld als ich. Sie hat das Zeug zu leben, etwas vom Leben zu haben, mehr als ich. Nicht nur weil ich sterben werde. Sondern weil ich sie nie hatte. Die Kraft, etwas vom Leben zu haben. Die Fähigkeit zu über-leben, damit wurde ich geboren. Ich wuchs heran zu einer Überlebenden. Das ist etwas ganz anderes als das Leben hier. Ich weiß nicht, ob meine Tochter sie hat, die Fähigkeit zu überleben. Vielleicht, sie ist ja fast in einem Schutzraum geboren. Aber ihre Freunde nicht. Kein in Schweden gebo-renes Kind.

Mir fällt wieder die Ärztin ein, die Ärztin im Behand-lungszentrum. Ihre Tränen. Um wen weint *sie*?

MEINE MUTTER WURDE mit neun Jahren verheiratet. Ich kann es kaum aussprechen, schäme mich dafür. Als würde ich es billigen, wenn ich es in Worte fasse. Also tue ich es nicht. Sie war neun Jahre alt und mein Vater siebenundzwanzig. Das war damals nicht ungewöhnlich. Aber ich glaube nicht, dass das für sie etwas bewirkte, dass der Brauch Einfluss darauf hatte, wie sie sich fühlte, als sie ihre Eltern verlassen und eine sexuelle Beziehung zu einem fremden erwachsenen Mann eingehen musste.

Ich kann meinem Vater nicht böse sein, denn er tat, was man tat. Aber ich denke an sie, an dieses kleine Mädchen, und der Gedanke daran weckt in mir mehr mütterliche Gefühle, als ich sie sogar für mein eigenes Kind hatte. Ich denke an dieses Mädchen, und ich denke, wenn ich es retten könnte, könnte ich auch mich selbst retten. Wenn ich es retten könnte, könnte ich auch meine Tochter retten.

Mutter war zwölf, als sie Maryam bekam. Mir blutet das Herz für beide. Die Zwölfjährige mit dem Baby auf dem Schoß. Das Baby mit einer Zwölfjährigen als Hort der Geborgenheit. Was mag in ihr vorgegangen sein? Ich vermute, dass sie abschaltete. Weil man nichts sonst tun konnte. Die Zwölfjährige mit dem Baby auf dem Schoß. Was sollte sie mit uns anderen?

Sie blieb früh allein. Als Vater starb, war sie siebenunddreißig und Mutter von sieben Kindern. Sein Verschwinden bedeutete praktisch keinen Unterschied. Er war lange krank gewesen. Für sie war er vielleicht wie noch ein weiteres Kind. Ich weiß es nicht, sie sprach nicht über ihn. Sie sprach nicht über Männer. Auf allen unseren Hochzeitsfotos steht sie sehr aufrecht da, die stolze Mutter der Braut, aber niemals lächelnd. Männer und Ehe waren in ihren Augen ein notwendiges Übel. Oder vielleicht nicht einmal notwendig, vielleicht nur unausweichlich.

Meine Mutter. Wie sie unter der Revolution litt. Man meint, eine Frau, die sieben Töchter geboren hat, sollte etwas inneren Frieden gefunden haben. Keine Söhne, die sie in den Krieg ziehen lassen musste. Keine Söhne, die sie zu betrauern hatte. Aber es war das falsche Jahrzehnt, oder aber wir waren die falsche Art Frauen. Wir führten auf den Straßen Krieg, und sie saß nächtelang wach. Ruhelos wartend, weinend.

EIN PAAR WOCHEN. Ein halbes Jahr. Ein paar Jahre. Ist das ein Unterschied? Ich bin mir nicht sicher. Die Zeitspanne ist unterschiedlich lang. Das ist mir klar. Aber was für einen Unterschied bedeutet Zeit an diesem Punkt? Was soll ich mit mehr Zeit? Kranke Zeit. Einsame Zeit. Zeit in der Erwartung des Todes. Was macht man mit Zeit, wenn man damit keine Zukunft aufbaut? Ich weiß es nicht. Vielleicht passiert es deshalb ausgerechnet mir, vielleicht hat mich der Krebs deshalb ausgewählt? Weil ich nicht weiß, was man mit Zeit anfängt. Weil ich nicht weiß, was man mit Leben anfängt.

Ich halte es nicht aus, ausgerechnet diesen Gedanken ertrage ich nicht.

Ich stehe auf und hole das Telefon. Wähle eine Nummer. Das ist die einzige Nummer, die ich anrufen kann.

«Allo?»

Ich sehe sie vor mir. Sie ist auf den Sitz neben dem Telefon gesunken und hat tief geseufzt, ehe sie den Hörer abnahm. Sie erwartet schlechte Nachrichten. Sie bereitet sich darauf vor, aus Selbstschutz.

«Salam, maman.» Ich schlucke, um zu unterdrücken, was aufsteigen will.

«Nahid? Nahid, bist du das? Ist etwas passiert? Ist alles in Ordnung?»

«Alles in Ordnung. Bestens. Ich … Ich vermisse euch nur.»

«Das ist das Leben, Nahid. Das ist das Leben.»

Einen Moment lang schweigen wir beide, dann fängt sie wie üblich an zu erzählen. Von den Nachbarn, von den Preisen für Tomaten, von ihrem Rheumatismus. Ich höre zu. Das gleiche Gespräch haben wir letzte Woche geführt, es unterscheidet sich in nichts von allen Telefonaten. Ein Gespräch, das in jeder Hinsicht unberührt ist von allem, was heute war, außer dass ich mir ein Kissen vors Gesicht presse, damit sie mich nicht hören kann.

«Nahid, bist du noch da?»

Weil ich weiß, dass meine Stimme nicht halten wird, lege ich auf. Sie wird glauben, das Gespräch sei wie so oft in all den Jahren unterbrochen worden. Wenn ich das nächste Mal anrufe, ist es vergessen.

ES DÄMMERTE SCHON, als ich schließlich wieder nach dem Telefon griff. Warum ich von allen ausgerechnet Zahra anrief, weiß ich nicht. Aber ich habe es getan, und das war gut so. Es tat so gut, davon zu erzählen, und es tat so gut, einen anderen Menschen weinen zu hören. So gut zu hören, dass sie mich vermissen wird. So gut zu hören, dass man so reagiert. Dass man so reagieren darf. Eine Weile hörte ich ihren Tränen still zu, und dann begann ich, sie zu trösten.

«Keine Sorge», sagte ich. «Ich hatte kein schlechtes Leben.»

Wir wurden still. Waren uns nicht sicher, ob das stimmte. Aber wir sagten nichts dazu. Wir hörten einfach dem Schweigen der anderen zu, und das reichte uns.

«Hast du es Aram gesagt?», fragte sie.

Ich schüttelte den Kopf.

«Hallo?»

«Entschuldige», sagte ich. «Ich habe es ihr nicht gesagt. Weder ihr noch irgendwem sonst.»

Sie nickt. Ich kann es hören.

«Möchtest du, dass ich es tue?»

Erleichtert seufze ich. «Ja. Ja. Danke. Kannst du das?»

«Ich weiß es nicht», antwortet sie.

Was kann man eigentlich von Menschen verlangen? Alles, nehme ich an. Hier und jetzt kann ich um jeden Gefallen bitten. Jeden.

«Aber ich wäre dankbar, wenn du es tun würdest. Tu es, sei so lieb.»

Sie weint wieder, das höre ich. Aber sie wird es hinbekommen, irgendwie wird sie es hinbekommen.

«Ich komme zu dir», sagt sie, und wir legen auf.

Dann lege ich mich auf den Rücken. Schließe die Augen. Ein paar Wochen, ein halbes Jahr, ein paar Jahre. Im Moment möchte ich nur einnicken.

Sie kommen tatsächlich. Meine Freundinnen, sie kommen alle. Ich liege noch auf dem Sofa, schaue sie aus halbgeschlossenen Augen an. Das lassen sie zu. Sie sagen nicht so viel. Das Kinn in die Hand gestützt, sitzen sie da. Sehen sich manchmal an und schütteln den Kopf. Schütteln ihn so langsam, so anders. Wie man es tut, wenn ein Schmerz größer ist, als es zunächst scheint. Wenn ein Kummer für allen Kummer steht. Ich weiß, was sie denken. Wir haben so viel verloren. Wir haben schon so viel verloren. Warum müssen wir noch mehr verlieren. Warum muss das so sein? Ich denke wie sie. Sie sehen es nicht, denn sie trauen sich nicht, mich anzuschauen, aber ich liege mit halbgeschlossenen Augen da und schüttle den Kopf wie sie. So anders. Wenn ein Kummer für allen Kummer steht.

Zahra und Leila und Anne und Firozeh, alle sind gekommen. Sie kamen sofort, innerhalb einer Stunde waren sie hier. Ich hatte noch nicht die Augen geöffnet, da waren sie schon gekommen. Ich denke an meine Aufzeichnungen dort im Korb. Die von meiner Einsamkeit handeln. Ich will sie ihnen zeigen, will sagen: *Warum kommt ihr erst jetzt?*

Warum seid ihr nicht früher gekommen, damals, wenn ich einsam war? Ach, ich weiß nicht. Denn gleichzeitig denke ich, dass ich die Seiten in tausend Stücke zerrreißen sollte. Ich war doch nie einsam. Oder? Ich weiß es nicht. Was ist Einsamkeit? Heißt einsam sein, wenn man sich Unterhaltung gewünscht hätte? Oder heißt einsam sein, wenn man sterben wird? Vielleicht war ich nie einsam.

Sie fangen an zu flüstern. Erst verstehe ich sie nicht, aber schnell wird es mir klar: Sie haben es Aram nicht gesagt. Ich bin kurz davor, eine Szene zu machen. «Ich habe nur um einen Gefallen gebeten! Nur einen einzigen Gefallen!» Aber ich halte mich zurück. Weiß, dass es bei weitem nicht der erste ist, um den ich bitte. Weiß, dass es zu viel ist, worum ich bitte.

Zahra steht auf, telefoniert. Spricht flüsternd. Ich höre, dass sie nicht mit Aram spricht, nein. Sie spricht mit jemand anderem. Sie bittet ihr eigenes Kind, es meiner Tochter zu sagen. Was sind wir feige! Wir, die Revolutionäre. Keine von uns hat Schneid. Vielleicht verfügt man in seinem Leben nur über eine begrenzte Menge an Schneid? Vielleicht ist unsere auf den blutigen Straßen der Demonstrationen liegengeblieben. Wer wird Aram sagen, dass ich sterben muss? Ich weiß es nicht, und ich werde mich auch nicht erheben, um mich darum zu kümmern.

OFT STEHE ICH am Fenster, schaue hinaus. Die Aussicht ist phantastisch, wie ein Gemälde. Neuen Besuch mache ich darauf aufmerksam.

«Schau mal», sage ich. Als könnte man sie übersehen.

Ich wohne im dreizehnten Stockwerk, und eine Wand besteht aus Fenstern. Draußen sieht man nur Himmel. Himmel, Himmel, ohne Ende. Unten liegt der See, bis zum Horizont kann man ihn mit dem Blick verfolgen. Und rings um ihn her der Wald. Die Bäume stehen dicht an dicht, sie fangen die Jahreszeiten ein.

Für die meisten ist das nichts Besonderes. Himmel und Wasser und Wald. Ich will meinen Besuchern erklären, warum das so besonders ist. Aber das widerstrebt mir. Ich möchte erzählen, möchte sagen: Weißt du, wie die Umgebung aussah, in der ich aufwuchs? Wenn ich über die Straße ging, auf meinem Schulweg? Sand und Steine. Sandige Steine. Vielleicht kann man sich das nur schwer vorstellen. Gelber Sand. Er bedeckte die Schuhe, die Häuser. Mutter musste ihn mehrmals am Tag hinausfegen. Und jetzt lebe ich, die ich aus dem Sand komme, mit Himmel und Wasser. Als hätte ich die Elemente getauscht. Das möchte ich sagen, denn es ist gewaltig, großartig. Irgendwie ist es auch traurig. Weil das, was man war, weg ist. Von etwas anderem ersetzt wurde.

Aber ich sage nichts, und ich weiß auch warum. Ich möchte

nicht den Eindruck erwecken, ich käme aus der Wüste, ich sei ein Wüstenmensch. Das glauben sie längst, aber ich weigere mich, ihnen weitere seltsame Bilder von mir zu zeigen. Ich rede von Sand, nicht von Wüste. Das sind zweierlei Dinge, aber das begreifen sie nicht.

ICH KANN EINFACH nicht den Mund halten. Oft genug weiß ich, wenn ich schweigen sollte. Jedenfalls anschließend. Aber ich kann es einfach nicht lassen, dieses Sagen, was ich denke. Man sollte das nicht tun. Als Mensch. Als Mutter. Wenn die eigenen Gedanken einem anderen schaden, sollte man schweigen. Aber ich kann es nicht.

Ich bin einsam in meinem Schmerz. Das habe ich inzwischen eingesehen. Es wäre an Aram, den Kummer mit mir zu teilen, aber sie tut es nicht.

Erst vier Stunden und fünfundvierzig Minuten, nachdem ich den Bescheid erhalten habe, war sie hier. Nachdem ich erfahren habe, dass ich sterben werde. Ich weiß, dass es ihr niemand vorher sagte. Ich weiß, dass sie nichts wusste. Und doch spüre ich eine Irritation. Ja, andere sind hier. Aber das ist etwas anderes. Sie sind traurig. Sie werden mich vermissen. Aber für meine Tochter ... Davon wird sie sich nie erholen. Das teilen wir. Ich will, dass sie es mit mir teilt. Die Endgültigkeit.

Als sie kommt, liege ich immer noch mit halbgeschlossenen Augen auf dem Sofa. Alle stehen auf und empfangen sie. Ich höre ihre müde Stimme. Ich will, dass sie schreiend hereinkommt, schreiend und weinend. Aber das tut sie nicht. Sie kommt herein, begrüßt meine Freundinnen und klingt müde. Ich stehe nicht auf. Lasse sie zu mir kommen. Sie lässt sich Zeit. Steht eine Weile auf dem Flur. Stellt Fragen. Versucht zu verstehen. Ich weiß, dass es so ist, aber so fühlt es sich nicht an. Es fühlt sich an, als stehe sie plaudernd da draußen, und das macht mich wütend. Hier liege ich, alles liegt in Scherben, aber sie kommt erst vier Stunden und fünfundvierzig Minuten später. Und dann stürzt sie nicht einmal zu mir herein, sondern bleibt da draußen stehen. Mein Körper spannt sich an, Waden, Hintern, Hände, sogar das Gesicht. Als sie sich dann auf den Teppich setzt, neben mich, sage ich nichts. Ich mache die Augen fest zu.

«Hallo, Mama», sagt sie.

«Du hast keine Mutter», sage ich. «Du hast überhaupt niemanden. Du bist eine Waise.»

Ich höre, wie sie die Luft anhält, wie alle im Zimmer das tun. Ich kann den Schmerz hören, den ich ausgelöst habe, den Schmerz, den ich herausgefordert habe. Ich höre den Kummer. Meine Tochter schreit und weint nicht, das weiß ich. Aber ich kann hören, wie sich der Kummer durch ihren Körper fortpflanzt und ihren Atem stocken lässt. Es dauert eine Weile, einige Minuten, glaube ich. Dann hat sie sich erhoben und ist weg. Sie geht ins Badezimmer, kümmert sich um sich. Wie sie es immer getan hat.

Ich spüre die Tränen aufsteigen und mir übers Gesicht laufen. In die Halskuhle. Als meine Freundinnen das sehen, kommen sie näher. Nehmen meine Hand, streicheln meinen Kopf. Alle sind ganz nahe. Sie ist dort drüben, allein. Ich möchte jemanden bitten, zu ihr zu gehen, aber die Worte kommen nicht. Sie muss sich daran gewöhnen, sagt eine Stimme in meinem Kopf. Wenn sie noch nicht daran gewöhnt ist, wird es Zeit.

ARAM LAS MIR Gedichte vor. Ich war erstaunt, denn eigentlich macht sie das nicht. Sie tat das für Masood, glaube ich. Hofft sie, dass ich den Platz ihres Vaters ausfüllen kann? Das kann ich nicht. Wir saßen auf dem Sofa, sie hatte die Beine unter sich gezogen.

«Mama, hör zu: *Mein Vater sagte: Da niemand, der zu dir gehört, in dieser Erde begraben wurde, gehört diese Erde nicht zu dir.*»

Mit leerem Blick sehe ich sie an.

«Verstehst du?», fragte sie mich. «‹Da niemand, der zu dir gehört, in dieser Erde begraben ist, gehört diese Erde nicht zu dir.› Aber jetzt haben wir hier Vater begraben.»

Sie sieht mich an und ergänzt, als würde das gegen mein Schweigen helfen: «Das hat eine junge Perserin geschrieben.»

Das ist lächerlich, möchte ich sagen. Zuallererst einmal gehört die Erde niemandem, das ist nichts als patriotischer Blödsinn. Keinem gehört irgendwelche Erde. *Dein Vater wurde kremiert*, denke ich. *Einzig und allein seine Urne ist in der Erde. Er ist kein Teil der schwedischen Erde.* Ich bin so eine, die so etwas sagt. Und also sagte ich es. Ich hörte es mich laut sagen. Und bereute es sofort. Denn ich konnte sehen, wie der Schmerz in ihr hochschoss, wie sie einen Kloß im Hals hatte.

Sie will einen Sinn finden. Natürlich will sie das. Irgendwie will sie, dass sich dieses Chaos am Ende lichtet. Ich möchte mich entschuldigen, aber ich tue es nicht. Ich sage: «Und wenn das so ist, was geschieht nach mir? Was geschieht, wenn man beide Elternteile in dieser Erde begraben hat. Bekommt man eine Medaille? Eine Medaille für Schwedisch-Sein?»

Sie steht auf und geht in die Küche. Öffnet den Wasserhahn, tut so, als hole sie Wasser, vermute ich. Ich sollte ihr nachgehen, tue es aber nicht. Ich nehme die Fernbedienung und wechsle den Kanal. Es dauert, bis sie zurückkommt. Sie sagt nicht mehr viel. Nach einer Weile erklärt sie: «Ich muss jetzt nach Hause fahren.»

Ärgerlich sehe ich sie an. «Du bist gerade erst gekommen.»

«Ich bin vier Stunden hier gewesen, Mutter. Ich muss jetzt fahren.»

Ich will nicht, dass sie fährt. «Wenn du nur so kurz bleibst, brauchst du überhaupt nicht zu kommen», höre ich mich sagen.

Sie nickt. Sie geht. Ich kann sie nicht zum Bleiben bewegen. Es ist lange her, seit mir das gelang.

IST ES MÖGLICH, dass man das Leben schneller verbraucht, wenn man intensiv lebt? Die Menschen haben immer gesagt, dass ich zu laut lache. Und wenn nun jedes Lachen, jedes zu laute Lachen, mich Tage meines Lebens gekostet hat? Und wenn einem nur eine gewisse Anzahl Atemzüge zustünde und die schneller verbraucht sind, wenn man zu laut lacht und lebhaft diskutiert und tanzt, bis man außer Atem ist? Wenn man Schlagworte schreit und vor dem Militär und der Revolutionsgarde davonläuft? Atemholen, Keuchen, alles geht zu Ende. Ich wundere mich.

ICH HABE MIT der Behandlung angefangen. Drei Monate wartete ich, dazwischen war Ostern.

«Was würden Sie sagen, ist der Krebs in den letzten drei Monaten sehr viel größer geworden?»

Ich sah Christina, der Fachärztin, direkt in die Augen. Mein Blick sagte, wenn ich sterbe, dann liegt das nur an dir, an dir und deiner Wartezeit.

Christina antwortete zunächst nicht. Sie bemühte sich, meine Frage zu verstehen. Christina ist sowohl Onkologin wie Gynäkologin. Der Krebs hatte seinen Ursprung in meinen Eierstöcken. Dort, wo ich ganz Frau, ganz Mutter bin. Welche Ironie. Als wir uns zum ersten Mal begegneten, hatte ich sie darauf angesprochen. Ist es nicht ironisch, wie sehr wir gestraft werden, weil wir Frauen sind?, hatte ich zu ihr gesagt. Damals sah sie mich auch so an. Still. Fragend.

«Warten müssen ist schwer, ich weiß», sagt sie. «Aber wir tun unser Bestes.»

«Ihr hättet vor drei Monaten euer Bestes tun können! Dann hätte ich vielleicht eine Chance gehabt.»

Sie blickt in ihre Papiere. «Wir nehmen Sie jetzt für einige Tage stationär auf.»

Mehr sagt sie nicht.

ARAM STELLT VIELE Fragen, kann ich hören. Fragen, wie ich sie mir nie hätte ausdenken können. Sie hat nachgelesen. Ich strecke mich nach ihrer Hand. Sie gehört zu denen, die nachlesen.

«Sind Sie Ärztin?», fragt Christina.

«Nein», antwortet sie. «Nein. Das hier ist meine Mutter.»

Ihre Stimme stockt, und ich sehe, dass die Ärztin in Verlegenheit gerät.

Offenbar hat sich der Tumor weiterentwickelt. Mir wird klar, dass sie mich unter Kontrolle haben wollen, falls er irgendeine körperliche Funktion massiv beeinträchtigt. Sie unterhalten sich über meine Körperfunktionen, als wären die außerhalb von mir. Ich höre nicht länger zu. Lasse Aram für mich sprechen.

Schließlich sind sie fertig, und wir verlassen das kleine Zimmer. Ein Bett ist für mich vorbereitet, und ich setze mich auf die Bettkante. Betrachte das Krankenhausnachthemd, die vergraute Bettwäsche. Die mittelblaue Wolldecke.

Aram hält noch immer meine Hand. «Wir machen es schön für dich.»

Sie geht los, um Orangensaft zu kaufen und Zeitungen, und ich rühre mich nicht vom Fleck. Solange sie weg ist, bewege ich mich keinen Millimeter.

Sie ist schnell wieder da, ist außer Atem. Die beiden Tüten stellt sie auf den Boden. Mit wenigen schnellen Schritten ist sie bei mir und umarmt mich. Wie fest sie mich an sich drückt. Ich sitze auf der Bettkante, die Arme hängen hinunter, willenlos. Ich lasse mich von ihr umarmen. Lehne gegen ihre Brust. Lange hält sie mich so fest. Wiegt mich behutsam. Ich spüre ihr Herz, das an meiner Wange klopft. Das habe ich geschaffen, denke ich. Erst klopfte ihr Herz in mir, und jetzt klopft es an meine Wange, und bald wird es ohne mich klopfen. Bald wird mein Herz schweigen, aber ihres wird weiterschlagen und meinen Rhythmus in sich tragen. Irgendwo in ihrem Herzschlag wird es mich noch geben. Der Gedanke sollte tröstlich sein, aber er ist es nicht. Ich möchte meinen Herzschlag behalten. Ich möchte ihn für mich selbst haben, und ich will ihn selbst tragen und möchte nicht nur als Schatten im Körper eines anderen existieren, in der Erinnerung eines anderen.

Ich hebe die Hände und schiebe sie weg, ich drücke kräftig. Sie stolpert rückwärts und strauchelt fast. Sie sieht aus wie ein erschrockenes Kind, wie ein verirrtes Vogelküken, das ohne Vorwarnung aus dem Nest gestoßen wurde. In meinem Blick begegnet ihr nichts. Ich bin leer. Schließlich wendet sie sich ab und tastet nach den Tüten. Sie tischt auf. Saftflaschen. Zeitschriften. Alle mit Fotos, Paparazzifotos aus nächster Nähe. Sie weiß, dass ich es nicht schaffe zu lesen. Eine Tüte mit Werther's Original, sie schüttet sie in einen Plastikbecher. Die Bonbons erinnern mich an die Kindheit, so weit entfernt in Zeit und Raum. Dann nimmt sie ein kleines Kaninchen aus der Tüte, weiß mit weichen Ohren.

«Ich dachte ... Ich weiß nicht, ob du es haben willst.»

Ich nehme es auf den Schoß. Streichle es, während sie eine Vase holt und an dem kleinen Waschbecken Wasser einfüllt. Sie stellt die Blumen hinein, so einen Strauß Blumen, wie es sie am Krankenhauskiosk gibt. Die bald sterben werden. Ich möchte sagen, dass sie sterben werden, genau wie ich. Aber ich halte mich zurück, versuche, mich für eine Weile zurückzuhalten.

Sie setzt sich auf den Hocker neben dem Bett. «Okay», sagt sie. «Okay. Ich muss gehen, muss zur Arbeit fahren.»

Wieder hält sie meine Hand. Ich lasse sie schlaff in ihrer liegen.

«Wann kommst du zurück?»

«Morgen komme ich, Mutter. Aber ich rufe heute Abend an.»

Morgen. Ich sehe auf die Uhr. 11.27. Ich zähle die Stunden, die ich allein im Krankenhauszimmer zubringen muss, wach. Ich möchte sie bitten zu bleiben, aber wie macht man das? Sie hat gesagt, dass sie gehen muss, dass sie nicht bleiben will. Ich habe einen Kloß im Hals. Niemand möchte bleiben.

Ich sehe sie an. «Diese hässlichen Blumen werden bald sterben», sage ich. «Genau wie ich. Du kannst sie mitnehmen.»

Sie zuckt zusammen, als hätte ich ihr ins Gesicht geschlagen. Sieht zu Boden. Sekunden vergehen, vielleicht Minuten. Es ist still.

«Geh schon», sage ich schließlich. Dann wende ich mich ab.

Sie legt mir eine Hand auf die Schulter, dann ist sie weg.

MEINE MUTTER WEISS noch nicht, dass ich sterben werde. Ich habe ihr nichts gesagt, und ich habe allen anderen verboten, etwas zu sagen. Sie braucht sich nicht mit dem Gedanken quälen müssen. Sie soll nicht wissen, dass sie eine weitere Tochter verlieren muss. Verlust. Manchmal möchte ich allen sagen, die uns anklagen, hierhergekommen zu sein, um uns zu bereichern: Nehmt, was uns nicht gehört. Ich möchte ihnen sagen, glaubt ihr denn, ich hätte etwas gewonnen? Glaubt ihr, ich hätte mehr gewonnen, als ich verloren habe? Und ihr selbst. Glaubt ihr denn, ihr hättet mehr verloren als gewonnen? Glaubt ihr, euer Verlust sei größer als mein Gewinn?

AM TAG MEINER Geburt war ich in vieler Hinsicht eine Enttäuschung. Ich war das sechste Mädchen in einer Familie ohne Söhne. Das hatten meine Eltern nicht gewollt. Aber ich war noch nicht die größte Enttäuschung. Als Noora sechs Jahre später geboren wurde, reichte es allen. Aber warum will man eigentlich Jungen haben? In konservativeren Familien bedeutete ein Junge, dass man in ihm jemanden hatte, der Geld verdienen konnte, der eine Einnahmequelle war. Ein Mädchen bedeutete nur Kosten. Als ich geboren wurde, war Maryam schon zwanzig und Lehrerin. Sie fuhr hinaus aufs Land, in Orte, wo ein Lehrer gebraucht wurde. Sie lebte allein und verdiente Geld. Geld, das sie nach Hause brachte.

Bald arbeiteten alle meine älteren Schwestern. Als Lehrerinnen oder Forschungsassistentinnen. Ihr Geld war unser Geld, und wir lebten wie in einem Kokon aus Schwesternschaft und Stolz. Mutter empfing ihre Kunden zuhause. Sie schnitt und färbte ihnen die Haare. Sie zupfte Augenbrauen und Gesichtshaare. Ich habe das schon früh gelernt, und ich half mit. Die Frauen legten sich auf eine Matratze, und mit dem Faden zwischen meinen kleinen Kinderfingern beugte ich mich über ihre Gesichter. Den Menschen hier in Schweden möchte ich so etwas nicht erzählen. Das widerspricht dem, was man sich hierzulande unter Leben vorstellt. Meine hart arbeitenden Schwestern, die ihr Geld der Mutter geben mussten. Noora und ich, die für die Familie arbeiteten, indem wir Haare wuschen und Augenbrauen zupften. Meine Schwestern waren nicht wirklich selbständig, Noora und ich hatten keine richtige Kindheit. So kann man denken. Aber ich finde, uns ging es phantastisch. Denk nur, welche Freiheit meine Schwestern hatten. Und ich, zwischen all diesen Frauen, mit dem Versprechen der Weiblichkeit und dem sich selbst versorgen Können. Alles auf einmal.

ALS ICH JUNG war, hatte ich viele Möglichkeiten. Ich war intelligent. Ehrgeizig. Arbeitete hart. Wörter, die etwas bedeuten, glaubt man. Die zu etwas führen.

Ich hatte einen Studienplatz für Medizin bekommen. Wie großartig das war, lässt sich nicht beschreiben. Es war ein Traum. Der Traum. Meine Mutter, meine Schwestern, sie waren so stolz, dass sie weinten, tagelang, nachdem der Annahmebescheid in der Tageszeitung veröffentlicht worden war.

Um zu feiern, luden meine Schwestern gegen Ende des Sommers die Nachbarn zu einem Fest ein. Meine Mutter hielt nichts davon. Mit guten Neuigkeiten solle man sich nicht brüsten, fand sie. Sie fürchtete den bösen Blick mehr als alles andere. Sie hatte Angst, dass irgendeine missgünstige Person mit eifersüchtigem Blick auf uns schauen und dass der böse Blick dieser Person unsere Welt zunichtemachen würde. Aber sie half uns bei den Vorbereitungen. Wir waren acht Frauen in einer dampfenden Küche. Mutter und ihre sieben Töchter. Wenn man das so sagt, klingt es wie ein Märchen. Es war eins. Ich vermute, es war eins.

Maryams Stirn glänzte vom Schweiß, während sie Auberginen und Fleisch briet, ein Topf nach dem anderen. Mahvash, Gita, Shoohreh und Shabnam in ultrakurzen Kleidern und mit blondierten Haaren. Vier selbständige, arbeitende Frauen, die wie Puppen aussahen. Ich schnitt und föhnte ihnen die Farrah-Fawcett-Frisuren. Das war die Welt, nach der wir uns sehnten. *Charlie's Angels* und *Der Pate*. Stark und fragil. Retten und gerettet werden. Wie es in der Realität nicht vorkommt. Mit ausgestreckten Beinen saßen sie auf dem Fußboden und putzten Gemüse, und Mutter starrte wütend auf ihre langen nackten Beine und legte schließlich eine Decke darüber. Sie wollte nicht, dass wir Haut zeigen. Uns vorzeigen. Sie wollte nicht, dass wir provozieren.

Und dann Noora. Unsere Kleinste, gerade mal zwölf. Sie lief zwischen uns herum, die Zöpfe flogen, und sie redete. Und wie sie redete.

«Ich verstehe nicht, warum wir nicht *agha* Hossein und seine Söhne einladen können.»

«Das geht nicht, Noora», antwortete Mutter.

«Aber warum nicht? Wir haben sie unser Leben lang gekannt. Werden sie es uns nicht übelnehmen?»

«Sie werden nicht kommen, Noora.»

«Aber woher wissen wir das, haben wir gefragt?»

Maryam griff in diesen Situationen ein, wenn sie ahnte, dass Mutters Kraft nachlassen würde. Das war immer ihre Rolle. Ablenken, schützen, übernehmen.

«Noora, sie möchten nicht kommen, denn sie schämen sich zu kommen.»

«Aber warum schämen sie sich?»

«Weil Mustafa hier war und um Nahids Hand angehalten hat, und sie hat nein gesagt, erinnerst du dich? Das ist für einen Mann nicht leicht, Noora.»

«Aber das zeigt doch nur, dass er sie mag, klar will er dabei sein und mitfeiern.»

«Nein, Noora, das ist nicht klar.»

Ich, das Gegenteil von Maryam: kurz angebunden, hart und nicht daran interessiert zu schützen.

«Es ist genau umgekehrt. Er ist ein Mann, und er besitzt nichts als den Stolz. Glaubst du, er verkraftet es, dass aus der Frau, die ihn zurückwies, etwas wird? Dass sie Ärztin wird? Wo keiner aus seiner Familie, keiner der sechs tüchtigen Jungen und Männer eine Universitätsausbildung hat? Die Hälfte schaffte nicht einmal das Gymnasium. Sie wollen uns nicht feiern! Vermutlich sitzen sie zusammen und nennen uns Hexen und Huren.»

«Nahid!»

Ich senkte den Kopf und schwieg. Maryam war selten scharf.

«Hexen und Huren!» Noora lachte begeistert und tanzte durch die Küche. «Hexen und Huren», sang sie, und Mahvash und Gita sangen mit.

Noora hob die Decke an, die Mutter über sie gebreitet hatte. Kokett blinzelnd warf sie sich die Decke wie einen *chador* über den Kopf. «Hexen und Huren, sagten sie von Doktor Nahid, wir sind alle Hexen und Huren.»

Ich begegnete Maryams Blick, und wir lachten los. Bald waren alle auf den Beinen, jemand hatte eine Schallplatte aufgelegt, und mit Salatblättern und Fleischmessern in den Händen tanzten und sangen wir. Hexen und Huren übertönten Hayedeh, eine der großen Popikonen.

Ich erinnere mich an Jahre später. Lange, nachdem wir geflohen waren. Lange nach Hayedehs Flucht. Als uns die Nachricht von ihrem Tod erreichte und Masood kaum von seiner Zeitung aufblickte. Nur diese drei Worte sagte.

«Eine Hure weniger.»

WENN ICH AN den Abend des Festes denke, wird das Gefühl des Verlustes noch intensiver. Er war so vollkommen. Mutter und meine Schwestern hatten tagelang Speisen vorbereitet. Der Bruder meiner Mutter hatte im Hof Lampions aufgehängt. Er hatte Freunde eingeladen, die Musiker waren. Eine Frau mit weicher Singstimme, einen älteren Mann mit einer Tombak und dessen Sohn mit einer Sitar. Freunde und Verwandte strömten durch das Gartentor. Sie pfiffen und riefen hurra, voller Freude auf die Zukunft. Sogar *agha* Hossein kam vorbei. Er blieb an der Tür stehen und hob abwartend den Hut an die Brust. Als ich wachsam auf ihn zuging, räusperte er sich.

«Ich gratuliere», sagte er und reichte mir eine kleine Geschenkschachtel.

Ich beugte mich vor und küsste ihn auf die Wange. Mir war, als bekräftigte sein Erscheinen alle Hoffnung auf das vor mir liegende Leben. Alles würde gut werden, und nichts war so schlimm, wie ich befürchtete. Er drehte sich um und ohne noch etwas zu sagen, ging er, aber das machte nichts. Ich sah ihm nach, bis er durch seine eigene Tür verschwand, und dann lief ich wieder zu meinen Schwestern. Lief wie ein Kind.

Die Musiker spielten und sangen alles, was wir uns wünschten, und abwechselnd liefen wir erwartungsvoll mit Wünschen für das nächste Stück zu ihnen. Wir tanzten. Ich glaube, von uns aß kaum eine von den Speisen. Wir tanzten und wir sangen. Es gab keine Zwischentöne. Keine Schatten. Nur Freude darüber, dass meine Mutter eine Tochter zum Medizinstudium schicken würde. Alleinerziehend für sieben Töchter. Sie entzog sich, aber am Ende lief Noora in die Küche und zog sie nach draußen, wir nahmen ihre Arme, und wir knufften sie, und sie lachte und ging in unseren Ring und warf das Küchenhandtuch über die Schulter. Und sie tanzte. Sie tanzte und sie sang, und als das Lied zu Ende war, kam sie zu mir und nahm mein Gesicht zwischen ihre rauhen und von all den Jahren im Salon malträtierten Hände. Sie küsste meine Stirn, fest und lange. Noora pfiff, und ich schloss die Augen, um die aufsteigenden Tränen zu verbergen. Dann ging sie hinein und blieb für den Rest des Abends dort, aber das machte nichts. Ich wusste, dass ich ihr etwas Bedeutsames gegeben hatte.

Er war an diesem Abend da. Wir kannten ihn nicht von früher. Familie Soltani hatte ihn mitgebracht, er war gerade in die Stadt gezogen, um an der Universität zu studieren. Sie dachten vermutlich, dass der Zusammenhang passend sei, dass er auf diese Weise andere Studenten kennenlernen würde. Er fiel mir zunächst nicht auf, ich merkte nur, dass Noora lange mit jemandem sprach. Jemand lachte zu ihren Witzen und hörte ihren lebhaften Gedanken und Berichten zu. Erst später am Abend, als ich mit den Plateauschuhen neben mir auf der Treppe saß und meine schmerzenden Füße massierte, da zog sie ihn zu mir hin. Da sah ich ihn.

«Nahid. Nahid, das ist Masood! Er wird Landwirtschaft studieren. Sein Vater ist Züchter! Was züchtete er noch mal? Ja, Raupen! Seidenraupen! Und die spinnen Fäden, und aus den Fäden webt man Teppiche und … Das ist eine sehr wichtige Arbeit! Irans Stolz! Stell dir das vor!»

Masood lachte. Er lachte herzlich und glucksend. Kein bewusstes Lachen, das im Mund geformt wird, sondern ein richtiges Lachen, eins, das aus dem Bauch kommt.

«Für meinen Vater ist das sehr wichtig, aber der Stolz Irans ist es nicht. Ich weiß nicht, ob wir noch Stolz übrig haben.»

Die Worte ließen mich aufblicken. Als ich seinem Blick begegnete, war der gleichzeitig einladend und trotzig.

«Ich glaubte, der Stolz Irans, das seien wir. Die schönen Frauen.»

Ich sagte das, als sei es natürlich für mich, so etwas zu sagen. Zu flirten. Das war es aber nicht, ich hatte es noch nie getan. Ich erinnere mich, dass ich hoffte, Noora würde mich nicht lächerlich machen, dass sie es mir durchgehen lassen würde.

Er setzte sich auf die Treppe neben mich. Lachte, dass alle seine Zähne zu sehen waren. «Ihr seid nicht unser Stolz, ihr seid unser Herz.»

Noora pfiff. «Don Juan. Warnung vor Don Juan!»

Dann lief sie davon, und wir blieben sitzen. Ich glaube nicht, dass ich gewusst hatte, wie viel es gab, worüber ich reden wollte. Wie viel sich in meinem Kopf bewegte. Aber er schien es zu wissen, genau zu wissen.

Wir redeten, Masood und ich. Wir redeten, während die Musik schwieg und die Lichter gelöscht wurden. Wir redeten, während Freunde und Nachbarn kamen, mich auf die

Wangen küssten und mir ein letztes Mal gratulierten. Wir saßen auf der Treppe und redeten diese ganze erste Nacht. Maryam schaute regelmäßig durch die Vorhänge zu uns, sie wachte über uns.

Seine Vorstellungen waren radikaler, als ich es bisher gehört hatte. Er wollte die alten Strukturen einreißen, die uns in das vorgegebene Schicksal einsperrten. Er redete vom Volk, vom Recht der Menschen auf Brot. Er redete von Gerechtigkeit, als wäre sie ein Fest und als käme uns die Rolle zu, es zu arrangieren. Dazu einzuladen. Als die Sonne über uns aufging, ruhte er zurückgelehnt auf den Armen, die Augen hatte er geschlossen. Sein helles Haar lockte sich auf der Stirn und glänzte im Licht der Morgendämmerung wie Gold. Ich sah ihn an, war kein bisschen müde. Ich erinnere mich so gut an das Gefühl. Das Gefühl, die ganze Nacht wach gewesen zu sein, getanzt zu haben, bis die Füße schmerzten, gesungen und geredet zu haben, bis die Kehle trocken war, aber immer noch nicht genug zu haben, eher mehr haben zu wollen. Dieser Hunger.

Ich denke, das ist Leben. Hungrig sein. Ich versuche, mich an etwas zu erinnern, das es wert ist, die ganze Nacht wach zu bleiben. Aber mir fällt nichts ein, gar nichts. Ich frage mich, ob ich jetzt genug habe. Ich frage mich, ob der Krebs deshalb zu mir gekommen ist.

MASOOD KAM EINIGE Abende später wieder. Ich saß auf dem Küchenfußboden, auf dem alten Platz meines Vaters, und kürzte mit Mutters Nähmaschine meine Kleider. Neben mir spielte mit voller Lautstärke das Radio, und ich wiegte mich zur Musik. Das Gefühl vom Fest steckte noch in mir, ahnungslos. Nur noch wenige Tage, dann würde das Universitätsjahr beginnen, und mein Vertrauen zu diesem Ort war groß. Zu dem, was passieren konnte, wenn sich freidenkende Menschen begegneten. In meiner Naivität dachte ich als Erstes an die Länge der Kleider. Ich würde kürzere Kleider tragen. Ich würde eine freie Frau werden, und mit mir würden meine Beine befreit werden.

Plötzlich kam Noora hereingelaufen und ließ sich neben mir auf den Boden fallen. Ihre Augen hinter den dicken Brillengläsern funkelten, und in der Hand hielt sie einen großen Blumenstrauß. «Er ist hier, er ist wieder da! Er ist hier, um dich zu treffen, Nahid!»

Ich winkte ihr zu, das Radio leiser zu stellen. «Wer, Noora, wer ist hier?»

«Wer? Wer? Wie meinst du das? Als wenn du nicht die ganze Zeit an ihn denkst. Masood natürlich, er ist wieder da. Er ist in dich verliebt, Nahid, da bin ich ganz sicher. Ach, denke doch nur, dass du geliebt wirst. Ärztin und geliebt. Wie fühlt sich das an, Nahid?»

Ich zog sie lachend an mich. Küsste sie auf die Stirn.

«Ich liebe dich, Kind, weißt du das? Du bist es, die geliebt wird.»

Sie riss sich los. So eilig, alles war so eilig. «Er wartet auf dich, Nahid. Er steht draußen und wartet, er wollte nicht hereinkommen und stören. Aber die Blumen sind für mich! Das sind nicht deine. Ich habe sie bekommen, weil ich euch zusammengebracht habe.»

Sie begrub das Gesicht im Blumenstrauß und atmete tief ein. «Es duftet nach Liebe!»

Ich stand auf und ging zu ihm.

ZUM TAG DER Einschreibung erschien ich in meinem ultrakurzen Kleid. Die Haare hatte ich geföhnt, sie fielen weich
über die Schultern. Die Bluse gehörte Gita, eine weiche Sei-
denbluse mit einer Rosette auf der Brust. Irgendwo habe ich
ein Foto, von mir und Mutter nebeneinander am Tor, bevor
ich gehe. Sie einen Kopf kleiner, breit lächelnd. Sie lächelte
selten. Ich mit verspieltem, kindlichem Blick. Noora muss
das Foto aufgenommen haben. Ich weiß, dass ich an diesem
Tag stolz war. Stolz und froh. Ich hätte zufrieden sein sollen.
Nicht nach mehr verlangend. Aber das tat ich.

Die Gruppierungen wurden schon gleich am ersten Tag
sichtbar. Alle standen in Grüppchen zusammen, viele sprachen gedämpft, aber es gab auch andere, die hatten Parolen
bereit. Man hörte sie, wie man den Popcornmais in einem
heißen Topf aufpuffen hört. Einen hier, einen dort. Nicht
viele, aber deutlich. Mit dem Versprechen, dass mehr kommen würde. Ich trug meine Hefter vor der Brust, und die
Absätze klapperten auf dem Mosaik wie ein Schlagholz. Es
fühlte sich nicht mehr richtig an. Es fühlte sich nicht mehr
frei an. Die Mädchen in den Grüppchen waren gekleidet
wie die Jungen. In ausgestellten Jeans und Hemden, unge-
schminkt und die Haare zu Zöpfen geflochten. Sie bewegten sich frei und ungezwungen. Um sie herum leuchtete
es. Als wollten sie etwas so Großes, dass allein schon die
Größe der Gedanken sie leuchten ließ.

Ich sollte Masood bei der Cafeteria treffen, und ich sah ihn, ehe er mich sah. An die Wand gelehnt, mit einer Zigarette im Mundwinkel und entschlossen gestikulierend. Er war von Menschen umgeben. Eine dieser Gruppen. Ich blieb stehen und schämte mich plötzlich heftig. Über meine nackten Beine und über die Energie, die ich darauf verwendet hatte, mich für die Freiheit anzukleiden. Was wusste ich vom Freisein? Als ich gerade dachte, dass ich mich umdrehen und gehen sollte, da sah er mich. Unsere Blicke trafen sich, und er unterbrach sich mitten im Satz. Ich weiß nicht, wie man so etwas erklärt. Wenn ich jetzt daran denke, verachte ich meine Naivität. Aber in diesem Moment, als er mich sah, leuchtete er auf. Wie von Leben erfüllt. Sein Gesicht leuchtete vor Freude und Bewunderung, und mit jedem Augenblick, den er mich ansah, spürte ich, wie meine Unsicherheit mich verließ. Meine Kleidung, meine Zweifel, sie spielten keine Rolle. Ich spürte, dass er sah, wer ich war. Dass er sah, was ich haben wollte, dass er mir helfen würde, es zu bekommen. Ich spürte, dass er meine Freiheit und meine Kraft wollte, dass er sie vielleicht noch mehr wollte als ich selbst.

ES WAR EIN warmer Abend einige Wochen später. Ich hatte bis spät mit meinen Büchern in der Bibliothek gesessen. Sonst beeilte ich mich nach den Vorlesungen immer, nach Hause zu kommen, um Mutter zu helfen, aber dort an der Universität war etwas in mir geschehen. Ich glaube, mir wurde bewusst, dass ich schon für mich jemand war. Dass ich mehr war als nur ein Teil von anderen. Das war ein völlig neuer Gedanke, und er dauerte ungefähr so lange wie ein Furz.

Ich fuhr nicht mit dem Bus nach Hause, sondern schlenderte durch die Stadt. Betrachtete unverkennbar verliebte junge Menschen. Ein Paar, das dicht nebeneinander auf einer Parkbank saß und flüsterte. Ein anderes, das laut streitend vor der Eisbude stand. Das war nichts für mich, das war nie etwas für mich gewesen. Ich wollte nicht die Frau von jemandem sein. Ich wollte mein Leben nicht dem widmen, mich um andere zu kümmern. Ich wollte nicht wie meine Mutter werden. Das war das Letzte, was ich werden wollte, wie meine Mutter. Aber ich konnte es nicht lassen, an das Verliebtsein zu denken. An Masood. Ich wollte mit ihm zusammen sein, aber nicht die Seine sein. Aber so funktioniert es ja nicht, so hat es nie funktioniert.

Als ich schließlich das Tor öffnete, brannte kein Licht. Ich dachte, Mutter und Noora schliefen. Aber als ich den kleinen Hof überquerte und hineinging, hörte ich aus der Küche

Singen. Das muss das Radio sein, dachte ich, während ich im Flur die Jacke aufhängte und meine Bücher auspackte. Aber die Stimme erinnerte mich an jemanden, und ich hörte noch mehr. Fließendes Wasser. Ich tappte zur Küche, und als Erstes sah ich Mutter. Mit geschlossenen Augen saß sie mit dem Teeglas in der Hand auf dem üblichen Platz. Vorsichtig wiegte sie sich, wiegte sich mit dem Gesang selbst zur Ruhe. Ich trat ein und zuckte verblüfft zusammen, als ich Masoods Rücken sah. Die Ärmel aufgekrempelt stand er an der Spüle und wusch mit weichen Bewegungen das Geschirr ab. Dazu sang er.

Sie bemerkten mein Kommen nicht, und ich wollte sie nicht stören, deshalb verließ ich sie wieder. Ich verließ sie und lag in meinem Bett und betrachtete die tief schlafende Noora im Bett nebenan und hörte dem weichen Gesang aus der Küche zu, und ich erinnere mich, dass mir Tränen in die Augen stiegen. Seine Nähe erfüllte mich mit einer nie gekannten Geborgenheit.

AN EINEM FREITAGMORGEN klopfte Masood im Morgengrauen leicht an unser Tor, und ich lief ihm entgegen. Kleider und Blusen hatte ich längst in den Schrank weggepackt.
Stattdessen trug ich ausgestellte Jeans und bequeme Schuhe
und eins von Nooras karierten Schulhemden. Mein Gesicht
war frisch gewaschen, und als er mich umarmte, wand ich
mich etwas. Ich fühlte mich ungeschützt, und zwar mehr,
als ich mich in den kurzen Kleidern gefühlt hatte. Aber das
würde sich ändern. Bald würde ich mich nicht mehr als ein
Gesicht wahrnehmen, sondern als ein Bündel von Gedanken und Ideen. Und die schützten mich mehr, als Schminke
es je getan hatte.

Wir waren auf dem Weg ins Gebirge, um uns mit den
anderen zu treffen. Die Menschen, mit denen Masood am
Tag der Einschreibung zusammengestanden hatte, waren
unsere Gruppe geworden. Wir mussten uns von der Poli-
zei und den Soldaten entfernt halten, und die stolzen Berge
schluckten uns.

Um aus der Stadt zu kommen, benutzten wir Masoods
Auto, ließen es aber in sicherem Abstand von der Bergfes-
tung stehen. Dann wanderten wir hinauf. Bauten Kraft und
Kondition auf. Widerstandskraft. Es war magisch. Am Horizont brannte die Sonne, die Luft war klar und noch etwas
kühl, das Adrenalin pumpte durch unsere Körper. Die Füße
stapften stetig, geleiteten uns stetig voran. Das Geräusch

von Füßen. Füße, die wandern. Füße, die rennen. Füße, die kämpfen.

Als wir uns dem Treffpunkt näherten, begann Masood Töne zu formen. Einen Ton dafür, dass wir es waren. Ein anderer dafür, dass wir kontrolliert hatten, nicht verfolgt worden zu sein. Und dann kam die Antwort. Die Luft ist rein, bedeutete der Ton.

Sie erwarteten uns. Saber und Rozbeh und Ali und Soraya. Das war noch, bevor wir erfundene Namen hatten, bevor wir untergetaucht waren und uns versteckten. Das war etwas anderes, als was daraus wurde. Wir begrüßten uns mit herzlichen Wangenküssen und lebhaften Stimmen. Ali servierte uns Tee, und Saber, der Anführer der Gruppe, eröffnete das Treffen. Vornübergebeugt stand er da, einen Fuß auf einem großen Stein, die Arme auf dem Oberschenkel ruhend. Bei dem Anblick kribbelte es in meinem Bauch. Saber hatte die Ärmel aufgekrempelt, und er trug eine dünne Weste und diese groben Schuhe. Hinter ihm ragten die Berggipfel auf, im Sonnenschein leuchteten sie gelb, und sie wirkten so kraftvoll. Ich glaube, wir empfanden uns selbst als Teil des Gebirges. Wir glaubten, genauso kraftvoll zu sein, genauso beständig. Unsterblich. Menschen wie Fels.

Als wir mit der Politik fertig waren, hob Rozbeh seine Sitar und begann zu spielen. Von unserem Platz aus sahen wir andere Gruppen, Hunderte von Menschen. Aus verschiedenen Richtungen kam Musik, Maultrommel, Gesang. Masood pfiff im Takt mit, und Soraya sang. *Jetzt ist der Winter vorbei, der Frühling ist gekommen.* Nach den ersten

Strophen stimmte ich ein. *Die rote Blume der Sonne ist zurück, und die Nacht ist vorüber.* Dort saßen wir mit unseren Stiefeln und den Baskenmützen und den ungeschminkten Gesichtern. *In unserer Brust haben wir Wälder von Sternen.*

So fing es für uns an.

DIE REVOLUTION ERLEBTEN wir wie einen Sternenregen. Mir ist nicht ganz klar, wann wir begriffen, dass wir es mit einer Revolution zu tun hatten, dass wir Revolutionäre waren. Das wollten wir sein, das schon, aber es begann wie ein kindlicher Traum. Kinder träumen davon, Astronaut zu werden oder Filmstar oder Präsident.

Als wir Saber begegneten, hatte er seine Ausbildung zum Ingenieur fast abgeschlossen. Er war wie ein Löwe. So gutaussehend, so groß, so stark. Wenn er vor uns ging, sah man seine Stärke in den Bewegungen der Rückenmuskeln. Alle waren in ihn verliebt, Jungen wie Mädchen. Man trifft im Leben nicht viele solcher Persönlichkeiten. Ich denke, dass ich froh bin, das erlebt zu haben. Gleichzeitig wünsche ich, ich hätte ihn nie gesehen. Wäre Masood nie begegnet. Dass er nie zu uns nach Hause gekommen wäre, dass ich mit meinen kurzen Kleidern zur Universität gegangen wäre und das Leben gelebt hätte, wie es eben war.

Ich denke, wir waren Idioten. Wir hatten alles. Wir hatten eigentlich alles, was man sich wünschen kann. Wir gehörten in unserem Land zu den Menschen, die Glück hatten, in vieler Hinsicht hatten wir mehr als die Steinreichen. Wir konnten uns eigenständig eine Zukunft aufbauen. Saber. Er hätte einfach ein gutgekleideter Mann mit einer schönen Frau, mit Haus und Kindern und Autos und Whisky werden sollen. Aber nein. Wir konstruierten Prinzipien. Wir wollten die wahre Freiheit. Wir wollten sie für uns, aber vor allem wollten wir sie für alle anderen haben. Das war die Verlockung, die Schönheit. Die Gerechtigkeit auf unseren Schultern zu tragen. Die Soldaten der Gerechtigkeit zu sein.

Wir glaubten, wir hätten das in der Hand! Wir könnten darauf Einfluss nehmen. Naive, idiotische Kinder. Aber es war das Beste, was ich in meinem Leben getan habe. Manchmal wünsche ich, das hätte mein Leben sein dürfen. All das, was danach kam … Darauf hätte ich verzichten können.

NOORA UND ICH schlichen an diesem Tag lange vor Sonnenaufgang hinaus und zogen uns in nervöser Erwartung um. Mutter hörte uns nicht. Ich erinnere mich, dass ich einen Moment lang dachte, wir sollten sie wecken. Ich sollte ihr sagen, dass Noora dieses Mal mit uns käme. Aber ich habe es nicht getan. Ich fürchtete, sie würde protestieren, und Noora würde enttäuscht sein. Ich ließ Mutter schlafen, und Noora und ich gingen hinaus zu Masood, der uns auf dem Hof erwartete.

Wenn ich darüber nachdenke, weiß ich, dass ein paar Jahre vergangen waren, aber alles kommt mir vor wie eine einzige Bewegung. Der Machtwechsel war vollzogen, aber wir waren nicht zufrieden. Um solche wie uns zum Schweigen zu bringen, war die Universität geschlossen worden. Aber wir machten weiter. Mit unseren Treffen, mit unseren Demonstrationen.

Ich weiß nicht, warum wir sie mitkommen ließen. Ich kann noch immer nicht verstehen, warum. Sie wollte so gerne. Sie hatte so lange gequengelt. Sie war von unseren Worten so begeistert, von dem, was sie zwischen uns sah, von den Kameraden, die kamen und gingen, vom Flüstern und dem lauten Lachen.

«Der Kampf ist genauso gut meiner wie deiner», sagte sie zu mir, und Masood lachte. Wir konnten nicht widersprechen. Die süße Noora. Eine vierzehnjährige Kriegerin.

Wir nahmen sie an der Hand und gingen hinaus in die Dunkelheit. Unter der Brücke trafen wir uns mit dem Rest der Gruppe. Saber nickte Noora zu. Eine stumme Geste, die sie mehrere Zentimeter wachsen ließ. Dann winkte er uns, ihm zu folgen, und das taten wir.

An einem unbekannten Tor blieb er stehen und gab Masood und mir durch Gesten zu verstehen, dass wir mit hineinkommen sollten. Die anderen blieben draußen stehen und hielten Wache. Wir gelangten in einen dunklen Keller, die Augen brauchten einige Sekunden, um sich zu gewöhnen, und ich erinnere mich, dass meine Hand die von Masood suchte, dass wir uns aneinander festhielten. Da stand eine Frau vor der Druckerpresse auf und ging auf uns zu. Ohne ein Wort zu sagen, übergab sie Saber eine volle Stofftasche.

Draußen auf der Straße verteilten wir die frisch gedruckten Flugblätter unter uns auf, und Saber wies jedem seine Route zu. Zu der Zeit fanden wir uns routiniert, wir hatten das so oft getan, waren durch die Stadt gegangen und hatten unsere Flugblätter unter den Toren durchgeschoben. Wir verbreiteten unsere Botschaft. Die Massen aktivieren, aufwiegeln. Es stand immer ungefähr dasselbe darauf, obwohl wir so viel Zeit und Energie aufwendeten, um uns auszudrücken.

Widerstand.

Kampf.

Gerechtigkeit.

Gleichheit.

Freiheit.

Saber hatte Noora ein eigenes Bündel gegeben, aber ich wagte nicht, sie allein gehen zu lassen.

«Gib die mir!»

Sie protestierte. «Nahid! Ich will, Nahid, das sind meine!»

«Du kannst mit mir gehen. Das reicht vollkommen.»

Ich riss ihr die Flugblätter aus der Hand, und unsere Blicke trafen sich. Sie sah mich an, als hätte ich ihr etwas weggenommen. Ein Erlebnis. Einen Abend im Kino oder ein Paar neue Schuhe.

«Noora, es ist mein Ernst! Geh einfach mit mir.»

Noora reckte sich, um mir die Flugblätter wieder abzunehmen, aber Masood stellte sich dazwischen. Er legte ihr die Hände auf die Schultern, sah sie mit diesem väterlichen Blick an, von dem ich weiß, dass sie ihn brauchte.

«Noora, wir lieben dich zu sehr», sagte er.

Sie ließ die Arme sinken, gab nach.

Masood lächelte mir zu, und wir gingen los, Noora und ich. Mit diesen Flugblättern in der Hand erwischt zu werden, reichte für eine Hinrichtung. Das wussten wir, aber es hielt uns nicht auf. Aber Noora! Noora durfte diesem Risiko nicht ausgesetzt werden.

Sie ging den ganzen Morgen zwei Schritte hinter mir, und das freute mich. Sie dabeizuhaben. Ihr Mut erfüllte mich mit Stolz. Manchmal vergaß sie sich, begann zu hüpfen oder ein Lied zu summen, und dann musste ich einfach lachen. Aber meistens schlichen wir, duckten uns und fluchten, wenn wir jemanden kommen sahen, versteckten uns in engen Gassen. Ihre Augen funkelten. Sie hatte ihren Spaß, und ich verstand sie. Es war interessant, es war spannend, es war unheimlich, wie wenn man in ein Spukhaus geht. Aber wir hatten ja uns.

Als wir mit unserem Stapel fertig waren, trafen wir Masood und Rozbeh. Langsam stieg die Sonne über die Hausdächer, und wir gingen gemeinsam die Straße hinunter. Wir gingen mitten auf der Straße, als könnte uns nichts passieren, als wären wir unsterblich. Die Sonne hing über uns und passte auf uns auf.

«Das hier ist Freiheit», sagte Noora. Sie sagte es so feierlich, und auch ich spürte, wie das Leben in mir kribbelte. Masood nahm seine Baskenmütze ab und drückte sie ihr auf den Kopf. Er lachte, legte den Arm um sie und drückte sie an sich.

Sie war vierzehn, ich war zwanzig. Ich denke an das, was Schwestern in dem Alter zusammen machen, worüber sie sprechen. Es wird leer in meinem Kopf, ich weiß es nicht. Ich weiß, was ich mit meiner Schwester machte, und ich weiß, es war wunderbar. Es war wie ein Traum. Es lebt in mir wie ein Traum.

WIR MARSCHIERTEN GEMEINSAM weiter zur Universität, wo eine Demonstration stattfinden sollte. Als Noora begriff, dass sie tatsächlich mitgehen durfte, rannte sie von hinten auf mich zu und sprang mir auf den Rücken.

«*Zendegi, jonami jan!*» Das Leben!

Wir alle lachten. Sie und ich und die anderen, über ihren kindlichen Eifer.

Wenn ich zurückdenke, frage ich mich, wie es sein konnte, dass niemand unruhig war, niemand Angst hatte. Niemand in eine andere Richtung lief und sich versteckte.

Vor der Universität waren tausend, vielleicht mehrere Tausend Menschen versammelt. Wir wurden in die Masse hineingezogen, Masood, Rozbeh, Noora und ich. Wir hielten uns an den Händen, bewegten uns wie eine Kette. Das war wichtig. Wichtig, die Gruppe aufzulösen und uns zu verteilen, so dass nicht alle zugleich derselben Gefahr ausgesetzt waren. Und wichtig, trotzdem zusammenzuhalten. Wir hielten uns an den Händen, und wir riefen ebenfalls die Parolen. Über uns brannte die Sonne, und ich schielte mehrfach hinüber zu Noora, fragte mich, ob die Menschenmenge sie erschreckte, ob sie es verkraftete, ob sie bitten würde, nach Hause gebracht zu werden. Das tat sie nicht. Sie schrie mit, als sei es ihr Kampf, ihr ganz persönlicher. Vierzehn Jahre.

Es fällt schwer, die Stunden zu unterscheiden. Auf eine

vage Art wirkte die Bewegung wie eine Trance. Ich weiß nicht, wie lange wir dort draußen waren, aber plötzlich hielt der Marsch an, und wir hörten von weiter vorn Schreie. Schreie und Schüsse. Um zu sehen, was passiert, versuchte Masood, auf Rozbehs Schultern zu klettern. Aber in genau diesem Augenblick schien sich die Menschenmenge umzuwenden. In Panik rannten Menschen auf uns zu, die ausgelassenen Mienen waren verschwunden. Masood und Rozbeh fielen hin, und ich zog Noora hinter mir zu ihnen hin. Ich weiß nicht, wie es uns gelang, zu ihnen durchzudringen und sie auf die Beine zu stellen, aber das taten wir. Dann rannten wir los, immer noch Hand in Hand. Masood versuchte, eine Straße hinaus zu finden, aber die war dicht. Wir konnten nur mitschwimmen. Dann knallte es vor uns, und für einen Moment hielt alles an. Ein kurzer Moment, und wir alle begriffen, dass die Revolutionsgardisten mit Motorrädern und Waffen in die Menschenmenge hineingefahren waren. Sie waren überall.

Es gab keine Richtung mehr, keine Einheit. Das Menschenmeer bewegte sich wie ein Strudel. Alle suchten nach einer Lücke, einer Stelle, wohin man rennen und hinauskommen konnte. Es dauerte, bis ich es begriff: wie katastrophal schief es gegangen war. Wie schief es auch weiterhin gehen würde. Aber da begegnete ich Masoods Blick, so voll von einer Furcht, wie ich sie mir nie hätte vorstellen können. Sie schossen, um uns zu töten. Ich drehte mich zu Noora um. Sie sah mich hinter ihren großen runden Brillengläsern an, lächelnd, fragend. Sie glaubte, alles sei so, wie es sein sollte. Sie fragte sich, was wir jetzt tun würden.

Welches der nächste Schritt war. Ich lächelte ihr zu. Nickte, um sie zu beruhigen.

Alles geschah in einer Bewegung. Ich weiß, dass wir nie still standen, aber der Augenblick, der ist so in meine Netzhaut geätzt, in meinen Kopf, in mein Herz, dass es sich anfühlt, als habe alles stillgestanden, als hätten wir auf einer Bühne gestanden, die Scheinwerfer auf uns gerichtet, und als wären wir der Mittelpunkt der ganzen Welt gewesen, des gesamten Alls. Ich nickte Noora zu, hörte einen Schuss, der mich zusammenzucken ließ. Es war ganz nahe. Mehr noch, es fühlte sich an, als käme etwas dicht an mir vorbei. Wieder drehte ich mich zu Masood um, so schnell, dass die Zöpfe flogen und in mein Gesicht peitschten. Dann spürte ich ein Gewicht, ein absurdes Gewicht an meiner Hand. Ich schaute nach unten. Das war Rozbeh. Er fiel. Schlug mit den Knien auf den Boden, sah mit verzerrtem Gesicht zu mir hoch. Sein Griff um meine Hand löste sich, und er kippte langsam auf den Bauch. Erst begriff ich es nicht, begriff nicht, dass uns etwas passiert war. Die Menschenmenge war so groß. Wir waren so jung. Warum sollte ausgerechnet uns etwas treffen? Ich bückte mich, um seine Hand wieder zu ergreifen, ihn hochzuziehen. Aber da fiel auch Masood auf die Knie. Er fiel mit Wucht und zog an Rozbehs Oberkörper, zog ihn an sich. Und da sah ich es. Das Blut, es entfaltete sich wie eine Blüte auf dem weißen T-Shirt. Diese rote Rose auf Rozbehs Brust. Masood wandte den Kopf zum Himmel. Seine Augen waren geschlossen, und er brüllte. Ich glaube, ich stand nur da und starrte. Dann nahm ich meinen Schal ab, presste ihn auf das Loch, aber das Blut floss immer weiter, verbreitete sich in immer größeren Kreisen. Ich schrie um Hilfe, aber es war keine Hilfe da. Und dann verschwand er. In dem einen Augenblick sah er mir mit gequältem Blick in die Augen, im nächsten war er weg.

«Wir nehmen ihn mit uns», sagte Masood. «Heb ihn hoch! Rozbeh, *dadash*, wir haben dich. Wir haben dich, Rozbeh.»

Masood versuchte, ihn hochzuheben, ihn sich auf den Rücken zu laden. Aber die Menschenmenge presste, und er konnte das Gleichgewicht nicht halten. Er stürzte, den Körper über sich, und sie lagen dort zwischen all den rennenden Füßen.

«Er ist tot. Masood, Masood. Hörst du mich? Er ist tot.»

Er schüttelte den Kopf. Drückte immer weiter auf das Einschussloch. Redete immer weiter, fuhr fort, den leblosen Körper zu beruhigen. Am Ende presste er ihn fest an sich. Saß dort, mittendrin, drückte Rozbeh an sich und schrie seinen Namen.

Erst da wurde mir bewusst, dass Noora nicht bei uns stand. Ich hatte ihre Hand losgelassen. Die Menschenmenge um uns war dicht, und es qualmte über unseren Köpfen. Noora war weg. Ich begann auch zu schreien.

Wir schrien diese Namen. Rozbeh. Noora. Für uns waren diese Namen Menschen, waren unsere Menschen. Unsere Stimmen hörte man nicht, aber wir standen dort und schrien diese Namen, und rings um uns rannten und trampelten die Menschen, und durch das Rufen knallten Schüsse.

Eine Minute dauerte es. Es dauerte nicht länger als eine

Minute, aber es fühlt sich an wie für immer. Es fühlt sich an wie mein ganzes Leben.

Bevor Masood mich hörte, verging eine Weile. Bevor er begriff, dass wir sie verloren hatten. Er sah mich an und kam blitzschnell hoch. Wir ließen Rozbeh zurück, wir ließen ihn dort zwischen den Körpern und den Schüssen. Wir wussten nicht, in welche Richtung wir uns bewegen sollten, welchen Weg sie genommen haben konnte. Schließlich rannten wir einfach los, wir liefen zusammen und riefen ihren Namen, wir rannten und rannten, und ich dachte, er sei genau hinter mir. Ich meinte, sein Rufen zu hören. Ich meinte, seinen Körper nahe an meinem zu spüren. Da bog ich in eine Gasse ein und dachte, er würde auch abbiegen, denn die Schritte folgten mir, und ich glaubte, er wäre das, dachte, wir hätten Schutz gefunden. Wir könnten darüber sprechen, was wir jetzt tun sollten. Wie wir Noora finden sollten. Aber als ich mich umdrehte, war da ein anderer. Ein schwarzgekleideter Mann mit einem Knüppel in der Hand. Wir standen uns von Angesicht zu Angesicht gegenüber. Er war nicht älter als ich, wir waren zwei Kinder, die dort standen und sich ansahen. Da begriff ich, dass er einer von denen war, die Rozbeh getötet hatten. Die Gedanken sprangen wie Tischtennisbälle durch meinen Kopf. Sollte ich treten, rennen, klettern, kurz: alles tun, was ich konnte, um zu entkommen? Oder sollte ich lächeln und die Unschuldige spielen? Sagen, ich sei auf dem Heimweg, und ich sei versehentlich in das Drama hineingeraten? Meine Mutter sei beunruhigt, wenn ich nicht bald käme? Aber da zog sich ein

Grinsen über sein Gesicht, und ich bekam Angst. Wir standen allein in einer Gasse, und er konnte mit mir machen, was er wollte. Niemand konnte mich vor ihm schützen. Da trat etwas ein, glaube ich. Eine Art Todesangst. Von ihm vergewaltigt zu werden würde schlimmer sein als sterben. Ich musste an ihm vorbei, das war alles, was ich denken konnte, ich musste an ihm vorbei und hinaus auf die Straße kommen. Ich wollte nicht dort steckenbleiben, außer Sichtweite, geschändet, gedemütigt. Ich ballte die Fäuste und ging in die Hocke. Spürte, wie ein Schrei von tief unten aus dem Bauch aufstieg, und dann schoss ich auf ihn zu, wie eine Figur aus einem Bruce-Lee-Film, die Anlauf nimmt und ihren Gegner anspringt und ihn überwindet. Wie es zuging, weiß ich nicht, aber plötzlich war ich wieder draußen auf der Straße und mitten im Menschengewimmel. Ich versuchte, mich durchzudrängen, lief im Zickzack, aber überall hing Rauch, und man konnte wenig sehen, und es waren so viele Menschen, und ich war mit einem Mal so müde. Da holte er mich ein. Packte mich von hinten. Ich schrie! Ich schrie nach Noora, und ich schrie nach Masood.

«Ich muss meine Schwester finden. Bitte, bitte. Sie ist ein Kind.»

Er hob die Hand und schlug mir ins Gesicht. Der physische Schmerz. Darauf war ich nicht vorbereitet. Daran erinnere ich mich genau, denn er verblüffte mich. Darauf hatte mich nicht einmal der Schuss vorbereitet, der Rozbehs Brust aufgerissen hatte. Der Kampf wich aus meinem Körper, und ich verstummte. Es war klar, dass sie mich verhaften würden. Wenn sie wollten, konnten sie mich verhaften und foltern und töten. Wenn sie mich nur nicht vergewaltigten, ich wollte auf keinen Fall vergewaltigt werden, lieber wäre ich gestorben, als mich ihnen ausliefern zu müssen. Das wäre wie eine Injektion von dem Bösen gewesen, und mein Leben lang hätte ich das Böse in mir tragen müssen.

Er schleifte mich über den Boden. Mein Rücken schmerzte vom Schotter, und ich schloss die Augen. Ich wollte nichts sehen, ich wollte nichts ahnen müssen. Ich wäre aus freien Stücken gegangen, hätte er mir die Gelegenheit gegeben, aber ihm gefiel das wohl, mich zwingen. Da packte er mich um die Taille und warf mich auf die Ladefläche eines Lastwagens. Dort drinnen war es stockfinster. Körper überall. Jammernd, schreiend. Ich hielt weiter die Augen geschlossen. Hielt sie geschlossen, bis die Türen aufflogen und sie uns rauszogen. Hinter mir schrie jemand mit schriller Stimme: «Sie werden uns erschießen! Kameraden, lasst uns singen, lasst uns ein Lied anstimmen!»

Ich drehte mich um, wollte ihm sagen, er solle still sein, aber er lachte mich einfach an. Er lachte, als wäre alles in Ordnung. Die schwarzgekleideten Männer stießen mich zur Seite und packten ihn. Wir anderen starrten nur. Wir sagten nichts, wir sangen nicht mit, wir starrten nur. Sie schleiften ihn über den Boden, hinüber zur Hauswand. Eine ältere Frau griff nach meinem Arm, sie bohrte ihre Fingernägel tief in meine Haut. Wieder schloss ich die Augen. Wir hörten ihn, alle hörten wir sein Lied. Dann fiel ein Schuss, und es war still. Das war die gellendste Stille meines Lebens.

An diesem Tag fassten sie viele. Wenn man daran denkt, wenn man sich wirklich gestattet, daran zu denken, ist es so irreal. So viele Körper. Ich dachte daran, als Göran Persson von dem Fleischberg sprach, und fragte mich, ob er jemals einen richtigen Fleischberg gesehen hat, einen Berg aus menschlichen Leibern. Nicht dass wir aufeinandergelegen hätten oder tot waren. Nicht gerade in meiner Zelle, allerdings weiß ich, dass es in der Nähe einen Berg aus totem Fleisch gab. Aber wir waren so viele auf so engem Raum, und mit so vielen Körperausscheidungen, Blut, Schweiß, Tränen, Urin. Ich hielt alles zurück. Mein Blick suchte nach Noora. *Lass uns am selben Ort sein,* dachte ich. *Lass mich für sie sorgen. Ich muss mich um sie kümmern.* Aber ich sah sie nicht. *Sie ist nicht hier. Natürlich ist sie nicht hier. Sie ist zuhause bei Mutter.* Ich kauerte mich in eine Ecke, das schien mir am sichersten zu sein, durch zwei Wände eingegrenzt und außerhalb des Blickfelds. Lange saß ich dort, lange. Nach und nach leerte sich der Raum, ein Körper nach dem anderen. Ich sah jedem hinterher, sie verschwanden und kamen nicht wieder. Ich gab mir alle Mühe, nicht daran zu denken, wohin man sie schleppte.

Ich war unter den Letzten, die hinausgeführt wurden. Zwei Männer, schwarz gekleidet, packten mich an den Armen. Sie rochen nach altem Schweiß. Ich, die immer herumschrie und schimpfte, ich war stumm. Stumm starrte ich auf ihre Hände. Große, schwielige Hände. Voller blauer Flecken und kleinerer Wunden. Hände, die tausendfach Peitschenhiebe verteilt, Hände, die mit Zigaretten dünne Haut verbrannt, sich um keuchende Hälse geschlossen hatten.

Sie brachten mich in ein Verhörzimmer und ließen mich dort allein. Bis auf das Licht einer Öllampe auf einem wackligen Metalltisch war es dunkel. Hinter dem Tisch stand ein Klappstuhl. Ich wusste nicht, was ich tun sollte. Sollte ich mich setzen? Stattdessen trat ich ein paar Schritte zurück und drückte mich, die Arme um den Körper geschlungen, an die Wand. Ich zitterte am ganzen Leib, und ich wünschte, ich hätte Zyankalikapseln. Wir hatten darüber gesprochen, Masood und ich, dass wir lieber Zyankali schlucken und sterben würden, als uns von denen foltern und ermorden zu lassen. Aber wir glaubten nicht, dass es tatsächlich nötig sein würde, nicht so bald. Das klang mutig, fand ich. Sich selbst das Leben nehmen, sich dem verweigern, dass andere es taten. Ein richtiger Krieger würde so handeln. Aber in dem Verhörraum sah ich ein, dass es umgekehrt war: dass ich mir in meiner Angst wünschte, ich könnte mich selbst töten.

Dann trat ein dünner Mann ein, gekleidet in einen grauen Anzug. Seinen schütteren Bart ließ er wohl erst seit kurzem wachsen. Unter dem Jackett trug er ein schmutzig gelbes Polohemd. Er kam allein herein, mit einem Stoß Papiere im Arm. Als er mich sah, rief er etwas in den Korridor, und zwei andere Männer, schwarz gekleidet, traten ein und eskortierten ihn zu dem kleinen Tisch. Dann setzte er sich, und sie stellten sich hinter ihn.

Anfangs stellte er eine Reihe Ja-Nein-Fragen. War ich Muslima? Betete ich regelmäßig? War ich Marxistin? Unterstützte ich die islamische Revolution?

Das ist nicht meine Revolution!, schrie ich innerlich. Aber äußerlich nickte ich zu allem, was mit dem Islam zu tun hatte, und schüttelte zu Kommunismus und dem roten Kampf den Kopf. Ich zögerte nicht. Bei unseren Treffen hatten wir über diese Situation gesprochen. Darüber, für unsere Ideale einzustehen, selbst wenn es ums Leben geht. Selbstverständlich würden wir das tun, alles andere war Verrat, opportunistischer Verrat. Aber ich tat es nicht. Ich hatte viel zu viel Angst, um für das einzustehen, von dem ich glaubte, dass ich dafür kämpfte. Ich wollte leben, ich wollte nicht sterben.

Aber dann wollte er Informationen haben.

«Wer hat Sie aufgefordert, auf die Straße zu gehen?», fragte der dünne Mann. Er schlug mit dem Stift auf das Papier. Er notierte jedes meiner Worte.

«Niemand», antwortete ich. Denn so war es doch. Ich hatte Menschen aufgefordert, hinauszugehen. Ich war eine von denen, die sie beseitigen, die sie eliminieren wollten.

Sie fragten, mit wem ich zusammen gewesen war, und ich zögerte. Es würde helfen, wenn ich irgendetwas sagte. Wenn ich etwas erzählte, würde es mir nicht ganz so übel ergehen. Da sagte ich Rozbehs Namen. Ihn können sie nicht verhaften, dachte ich. Und sie konnten ihn nicht umbringen, denn das hatten sie bereits getan.

Ich sagte, das sei für mich das erste Mal. Ich wisse nicht so richtig, worum es bei der Demonstration ging. Rozbeh sei mein Verlobter. Er habe gesagt, wir sollten schnell mal vorbeischauen und dann ins Kino gehen. Ich sei eben einfach mitgegangen. Ich schob ihm alles in die Schuhe und nannte keinen anderen Namen. Ich sagte, ich machte mir nichts aus Politik. Ich sei einfach meinem Verlobten gefolgt.

«Werden Sie das wieder tun?», fragte der Mann.

«Nein. Niemals.»

Er blickte wieder auf seine Papiere. Notierte sorgfältig etwas.

«*Agha*, ich möchte heiraten und Kinder bekommen und mein eigenes Leben leben. Bitte. Was heute passiert ist, hat nichts mit mir zu tun.»

Er murmelte etwas und schrieb weiter. Ich traute mich nicht, den Blick zu den Schwarzgekleideten zu heben. Ich sah nur ihn an. Ich fragte mich, welches Gesetz er heranziehen würde. Welches Gesetz würde er seiner Entscheidung, was mit mir geschehen solle, zugrunde legen?

Am Ende schob er einen Stoß Papiere über den Tisch.

«Unterschreiben.»

Ich warf ihm einen Blick zu, um herauszufinden, was das bedeutete, und beugte mich dann über das Dokument und begann zu lesen.

«Unterschreiben!»

Jetzt schrie einer der Schwarzgekleideten, und ich griff sofort nach dem Stift. Nur gerade noch die letzten Zeilen konnte ich sehen, ehe ich meinen Namen daruntersetzte. Damit gelobte ich der islamischen Revolution die Treue.

Die Männer in Schwarz packten mich wieder an den Armen und warfen mich hinaus. Durch eine andere Tür als die, durch die ich hereingekommen war. Ich spürte, wie mein Herz einen Schlag aussetzte. Die haben mir nicht geglaubt, dachte ich. Deshalb haben sie mich durch die andere Tür hinausgeschickt. Ich stand auf und wankte einen Korridor entlang. Es gab weder Türen noch Fenster. Keine

Menschenseele. Aber ich hörte Schreie. Ich hörte Schläge. Einen Augenblick blieb ich stehen und lauschte, ob ich Noora hören konnte. Aber die Laute ließen sich nicht unterscheiden. Ich ging weiter, bog um eine Ecke, und dort war noch eine Tür. Eine größere Tür.

Lange starrte ich auf die Tür. Wir hatten so viele Geschichten gehört, warum hatte ich nicht begriffen, dass es ernst war? Dass es mir passieren konnte? Ich sank auf den Boden. Schlang die Arme um die Knie, bemühte mich, den Atem zu beruhigen. In meinem Kopf sah ich deutlich ein Bild von dem, was auf der anderen Seite war. Ein Innenhof. Menschen in Reihen. Verbundene Augen. Schwarzgekleidete Männer mit Gewehren. Körper, die zu Boden fielen. Körper, die weggezogen wurden. Neue Menschen in Reihen. Jedes Detail hatte ich gehört. Aber es gab Menschen, die da hineingeraten und die irgendwie entkommen waren. Diese Geschichten hätte ich nie gehört, wenn Flucht nicht möglich gewesen wäre. *Ich kann abhauen!*, dachte ich. *Ich gehöre zu denen, die fliehen können.* Da stand ich wieder auf. Ging zur Tür und schob sie auf, vorsichtig. Ich versuchte, hinauszusehen, etwas zu erkennen, mich vorzubereiten.

Es war stockfinster und kalt, es war offenbar Nacht. Ich hörte nichts. Da ging ich hinaus. Die Tür fiel krachend hinter mir zu, und nur Dunkelheit und Stille waren übrig. Ich war allein. In einem ersten Impuls drehte ich mich um, wollte die Tür wieder öffnen, aber sie war verschlossen. Da rannte ich los. Ich rannte und rannte, immer geradeaus, ohne zu wissen, wo ich war oder wohin ich unterwegs war. Und niemand hielt mich auf. Sie hatten mich gehen lassen.

Lange lief ich über ein freies Feld, bevor ich endlich zu einer Landstraße kam. Ich sah immer wieder über die Schulter zurück. Dachte, dass ein Fehler vorliegen müsse, dass sie mich verfolgen würden. Aber keiner kam.

Im Morgengrauen fuhr ein Lastwagen vorbei, und ich hob die Arme, bat um Hilfe. Ich war mir nicht sicher, ob das richtig war, aber ich hatte Angst, es hier draußen allein nicht zu schaffen. Ich, die ich geglaubt hatte, einer Erschießung davonlaufen zu können, ich bewältigte nicht einmal Kälte und Einsamkeit.

DER LASTER LUD mich mitten in der Stadt ab. Auf demselben Platz, auf dem ich von Masood, Noora und Rozbeh getrennt worden war. Ich wusste nicht mehr, ob das am Vortag geschehen war oder mehrere Tage davor.

Ich wünschte, der Platz sähe aus wie früher, ehe alles passierte. Ich wünschte, er wäre noch so prachtvoll, mit der Statue des Schahs mitten im Kreisel und den John-Wayne-Plakaten an den Kinowänden. Ich wünschte, wir könnten die Zeit bis zur Revolution gegen die vorherige Diktatur zurückdrehen, zum damaligen Mist. Oder zumindest, dass ich die Zeit bis zu einem Punkt zurückdrehen könnte, an dem ich hätte entscheiden können, mich fernzuhalten.

Erst als ich vom Lastwagen sprang, erinnerte ich mich, dass sie mir meine Tasche abgenommen hatten. Ich hatte keinen Cent bei mir. Also begann ich, wieder zu gehen. Ich ging und ging, der Weg war unendlich lang. Beim Gehen dachte ich, Kämpfen ist nicht leicht. Kampf ist nicht leicht, Kämpfen ist nicht leicht. Wie ein Band, das sich in meinem Kopf abspulte. Kämpfen ist nicht leicht.

Auf dem ganzen Heimweg murmelte ich vor mich hin.

«Noora ist zuhause», sagte ich. «Sie ist ein cleveres Mädchen. Jung. Schnell. Sie muss weggerannt sein. Nach Hause zu Mutter.»

Ich nickte. «Sie sitzen in der Küche. Trinken Tee und

Mutter sagt: ‹Nahid sollte jetzt mal nach Hause kommen.› Noora lacht. Noora lacht und antwortet: ‹Natürlich kommt sie nach Hause, Mutter.› So sieht es aus. Masood ist unterwegs und kauft ihnen Brot. Wenn ich zur Tür hereinkomme, werden alle drei aufblicken. Sie werden mit mir schimpfen und mich anlachen und umarmen. Und dann ist es vorbei, alles ist vorbei, keine Sorge. Keine Sorge.»

Als ich über die Kuppe kommend in unsere Straße einbog, sah ich als Erstes meine Mutter. Sie saß auf einem Hocker vor dem Tor. Die Hände auf den Oberschenkeln, wiegte sie sich hin und her. Jemand musste ein Tablett mit Tee neben sie auf die Erde gestellt haben, aber mir wurde klar, dass sie das Glas nicht angerührt hatte. Als ich sie so sah, schämte ich mich so sehr, dass ich kehrtmachen wollte.

Beim Näherkommen bemerkte ich, dass Mutter die Augen geschlossen hatte und ihre Lippen sich bewegten. Sie flüsterte ein Gedicht von Hafiz, flüsterte es, wie man ein Gebet flüstert. Ich legte ihr eine Hand auf die Schulter, und sie öffnete die Augen, und sie sah mich mit einem Blick an, als habe sich ein Gespenst in ihre Träume geschlichen. Sekundenlang starrte sie mich an, dann sprang sie auf. Das geschah mit solcher Kraft, dass der Hocker auf das Teetablett kippte und alles in Scherben ging. Aber das merkte sie nicht, sie warf sich auf die Erde, vor meine Füße und umklammerte meine Beine. Schrie meinen Namen mit einer Stimme, so gebrochen wie das Glas auf der Erde. Ich fiel neben sie, und wir hielten uns fest. Sie schrie, und ich hörte zu. Ich wünschte, dass ich schreien könnte wie sie, aber der Teil von mir, der das gekonnt hätte, war wie gefroren.

«*Mutter. Mutter*», sagte ich schließlich. «Wo ist Noora?»

Dieser Augenblick. Wenn ich diesen Augenblick nur irgendwie aus meinem Leben tilgen könnte, aus meiner Erinnerung, von meiner Netzhaut. Mutters verständnislosen Blick. Sie ging davon aus, dass ich wusste, wo Noora war. Sie ging davon aus, dass Noora in Sicherheit war. Das Fragezeichen wurde zu Schrecken, zu reiner Angst, und dann sackte der Körper in sich zusammen, sie krümmte sich auf der Erde neben mir zu einem Ball und schrie. Schrie einen neuen Namen, den ihrer Jüngsten. Ich wollte mich neben sie legen und mich an sie pressen und an ihrem schweren mütterlichen Körper Trost finden, aber ich hatte Angst, dass sie dort sterben würde, dass ihr das Herz gebrochen war und stehenbleiben würde. Sie rang nach Luft, und ich dachte: Ich habe sie umgebracht. Da rannte ich nach drinnen und telefonierte nach einem Krankenwagen, und sie hoben Mutter auf die Trage, und Mahvash und Gita fuhren mit. Meine Schwestern sahen mich nicht an, sie weigerten sich, mich anzusehen.

Als sie weg waren, ging ich durchs Haus und suchte in jedem Zimmer. Zuletzt ging ich in das Zimmer, das Noora und ich uns teilten. Ihr Bett war ordentlich gemacht, ihr Pyjama lag zusammengefaltet auf dem Überwurf. Ich nahm ihn und ging wieder nach draußen, setzte mich auf Mutters Hocker und atmete den Geruch des weichen Stoffs ein. Katzen. Ich erinnere mich daran. Auf ihrem Schlafanzug waren Katzen.

MASOOD KAM IM Dunkeln auf mich zu, irgendwann kam er. Seine Kleidung war zerrissen, und er war schmutzig. Überall Sand und Lehm. Er kam zu Fuß, genau wie ich. Ich fragte mich, ob er wohl im selben Verhörraum gewesen war wie ich? Ob er dasselbe wie ich geantwortet hatte? Ob sie ihn freigelassen und er die kühle Nachtluft eingeatmet hatte und losgegangen war? Aber mir war klar, dass es nicht so war. Er würde nie sagen, was sie hören wollten. Er würde nie zu Islam nicken und zu Marxismus den Kopf schütteln. Er würde nicht anderen die Schuld zuschieben.

Er gehörte zu denen, die sie durch eine der anderen Türen schicken würden. Sie würden ihn nicht durch die Tür laufen lassen, in die Dunkelheit. In die Dunkelheit, die besagte, dass man ein Verräter war.

Als er kam, saß ich dort auf dem Hocker, saß still da und starrte. Es war, als hätte ich bisher die Luft angehalten und mir jetzt plötzlich erlaubt zu atmen. Ich atmete tief ein, und dann schrie ich, schrie einfach.

Er lief auf mich zu und legte mir den Kopf auf den Schoß. Wir weinten beide, und ich glaube, das war das einzige Mal, dass wir das gemeinsam taten. Wir hätten es oft tun sollen, noch viele Male. Wenn wir das doch nur getan hätten, denke ich, gemeinsam weinen, statt dem Schmerz erlauben, zu einem Stachel zwischen uns zu werden, dann wäre unser Leben nicht so verlaufen. Dann wären wir nicht so einsam geworden, und dann wäre er nicht gestorben. Wäre ich nicht todkrank.

«Ich bin an Rozbehs Haus vorbeigegangen», sagte er. «Ich wollte es seinen Eltern sagen. Aber das Tor war zerstört, und ich sah Revolutionsgardisten auf dem Hof. Das verstehe ich nicht. Wie haben sie ihn identifizieren können? Warum fallen sie über seine Eltern her? Sie verhaften unschuldige Menschen, Menschen, die gerade ihren Sohn verloren haben.»

Mir wurde eiskalt. Vollkommen bewegungslos saß ich da. Und ich beschloss, niemals, mit niemandem darüber zu sprechen. Niemals jemandem etwas vom Verhörraum und von den Fragen zu sagen. Niemals zu sagen, dass ich Rozbeh angegeben, ihnen seinen Namen genannt hatte. Seine armen Eltern. Meine Mutter. Diese gequälten Seelen.

«Noora ist weg», sagte ich zu Masood.

Als er meine Worte hörte, geschah etwas in seinen Augen. Seinen liebevollen, verzweifelten braunen Augen. Als wenn sein Blick erstarrte und sich dann daraus alles Hoffnungsvolle verflüchtigte. Alles Schöne.

«Nein, nein. Sie kommt nach Hause.» Er ließ mich los, stand auf und wandte sich ab. «Sie kommt nach Hause, Nahid. Sie wird nach Hause kommen.»

Und dann ging er ins Haus, mit gesenktem Kopf und krummem Rücken, wie ein alter Mann.

Ich blieb sitzen. Fragte mich, wie wir uns selbst verzeihen sollten. Wie wir uns gegenseitig verzeihen sollten. Noora mitgenommen zu haben. Dass wir uns von ihr hatten überreden lassen. Dass wir sie gern dabeihatten.

Was ich nicht wusste, was ich damals nicht begriff, war, dass auch wir an diesem Tag starben. Wir waren zwanzig Jahre alt, und in mancher Hinsicht endete da unser Leben. Alles, was später geschah, waren unbeholfene Versuche, das zu ersetzen, was wir an diesem Tag verloren hatten. Unser Kind. Die Flucht. Alle meine Schichtdienste, all die Stunden auf der Arbeit. Alles.

Wir hätten in dieser Nacht sterben sollen, und alle Jahre, die folgten, waren geliehen.

MAN GEHT NICHT weg, ehe man aufgegeben hat. Man geht weg, um etwas zu tun, etwas aufzubauen. Etwas aufzubauen, das dem Hässlichen aus der Vergangenheit die Zunge herausstreckt.

Menschen sehen mich oft an, als wäre ich ein Opfer. Sie erwarten, dass ich schwach bin, benachteiligt. Ich als Flüchtlingsfrau. Ich verstehe ihr Denken nicht. Begreifen sie nicht, dass ich hier bin, weil ich stark bin? Wie viel Stärke es verlangt, nicht aufzugeben, sich zu weigern, Elend und Unterdrückung zu akzeptieren? Manchmal frage ich mich, ob sie wohl von sich glauben, stark zu sein, dass man stark ist, weil man nie Schwierigkeiten erlebt hat. Ob sie glauben, Windstille erzeuge Widerstandskraft.

Ich bin stolz auf meine Stärke. Schlag auf Schlag. Ich habe mich jedes Mal aufs Neue erhoben. Bin jedes Mal entkommen. Das ist wie Immunabwehr, jedes Mal, wenn man attackiert wird, nimmt die Resistenz zu. So ist das! So ist das.

Aber dann kommt der Krebs und mit ihm Fragen. Zweifel.

«Warum passiert das ausgerechnet mir?», frage ich Christina. Der Gedanke rotiert in meinem Kopf. «Was habe ich getan, womit habe ich das verdient?»

Sie legt ihre Hand auf meine und beugt sich vor. «Das ist Zufall, Nahid. Reiner Zufall.»

Die Antwort ist schwer zu verkraften. Zufall. Wie banal. Wie provozierend. Ich, die so gekämpft hat, um es gut zu haben. Die so viele Entscheidungen getroffen hat, so viele Opfer gebracht hat.

Zufall.

Dann wird mir klar, dass es der Zufall war, der uns Noora weggenommen hat. Aus reinem Zufall hatte ich überlebt, aus demselben Zufall, der dafür sorgte, dass es Wochen dauerte, ehe meine Mutter wieder mit mir sprach. Der Zufall sorgte dafür, dass ich, die der Stolz der Familie war, ihr Fluch wurde.

Wenn das Leben nun nichts mit Stärke oder Schwäche zu tun hat, wenn einfach der Zufall Regie führt, wenn ich einfach eine Frau mit sehr viel Pech bin? Vielleicht ist das alles. Ich wäre lieber schwach gewesen, denke ich. Ich wäre lieber schwach gewesen und hätte den Zufall auf meiner Seite gehabt.

HEUTE IST MITTSOMMERTAG. Die Sonne scheint. Das tut sie selten, und deshalb sind alle froh. Ich schaue aus dem Fenster nach unten. Auf dem Stückchen Rasen werden Vorbereitungen getroffen. Frauen in geblümten Kleidern, Kinder in weißen Kleidern. Kränze und natürlich die Stange, an der sie arbeiten. Es ist erst zehn Uhr, und entsprechend ist noch nicht viel los. Die da unten sind die Enthusiasten, die alles schön machen wollen. Vorgebeugt stehe ich am Fenster, das Kinn auf die Hand gestützt, betrachte ich sie. Das Teeglas, dunkelrot, steht neben dem Ellbogen. Ich bekomme einen Impuls, einfach so. Das Teeglas nehmen und ihnen den heißen Inhalt auf die Köpfe schütten. Nicht dass ich jemanden treffen will, nicht dass ich es wirklich tun würde. Mir schießt nur der Gedanke durch den Kopf, und dann schaudert es mich vor mir selbst. Vielleicht bin ich einfach verrückt. Vielleicht ist der Krebs das Beste für mich und die ganze Welt.

Das Handy brummt. «Wir sind gleich da, kommst du runter?» Das sind Aram und Johan. Ich soll mitkommen, darauf haben sie beharrt. Mir ist es egal. Genauso gut hätte ich hier auf dem Sofa liegen und fernsehen können. Aber nein, auch ich habe mein geblümtes Kleid bereitgelegt.

Ich ziehe mich an und bleibe vor dem Spiegel stehen. Sich an den Anblick zu gewöhnen ist schwer. Ohne Haare, ohne Augenbrauen. Als sähe man sich geschält. Verblassend. Als wäre ich bereits am Verschwinden. Deshalb suche ich einen lila Schal aus, ein kräftiges Lila. Ich ziehe die Augenbrauen kräftig nach. Das ist zu viel, ich sehe es selbst, aber ich mache es trotzdem. Bemühe mich, die Konturen auszufüllen. Ich male die Lippen an. Es verschmiert sofort. Ich fahre mit der Hand übers Kinn, um es wegzuwischen, aber die Farbe ist bereits in die Haut eingedrungen. Ich lasse es so. Besser zu viel, als unsichtbar zu sein. Nicht vorhanden zu sein.

Die Tasche über dem Arm, fahre ich mit dem Aufzug nach unten. Merke, dass ich mich doch freue. Das Gefühl, in Bewegung zu sein. Unterwegs. Das Gefühl, dass es nicht zu Ende ist, nicht ganz zu Ende ist.

Als ich die Tür des Autos öffne, dreht sie sich erwartungsvoll um. Sie zuckt zusammen. Sie reagiert auf mein Gesicht, das sehe ich. Ich bin ihr unangenehm. Sie sagt nichts, so dass er sich umdreht und an ihrer Stelle spricht.

«Was für ein herrlicher Tag!»

Ich nicke. «Ja, das werden wir heute noch oft hören.»

Er lächelt immer weiter, und ich möchte ihn bitten, damit aufzuhören. Ich möchte sagen, dass er meine Tochter nicht ersetzen kann. Dass ich sie brauche.

«Wie geht es dir?», fragt sie schließlich, die Stimme klingt angestrengt.

Ich seufze. Frage mich, warum sie mich mitzukommen bittet, wenn sie mich nicht erträgt. Frage mich, warum mich meine eigene Tochter ansieht, als wäre ich ein Ungeheuer. Warum sie mich nicht froh machen kann, dafür sorgt, dass ich froh werde.

«Ich bin hier», sage ich. «Das ist immerhin etwas.»

Sie drehen sich nach vorn, und der Wagen fährt los. Ich sehe, wie er nach ihrer Hand greift, sie drückt. Das tut mir leid, dass er das tun muss, um sie zu schützen, sie zu trösten. Neben mir sitzt niemand und tut das Gleiche für mich, greift nach meiner Hand. Ich brauche das doch.

Wir schweigen. Sie schaltet in der Anlage des Autos persische Musik ein, Googoosh. Wir fahren dieselbe Strecke wie schon so oft. Auf der Autobahn an Wäldern entlang, über Brücken und das Meer. Bei diesem Anblick überspringt mein Herz immer einen Schlag. Über Inseln und Inselchen und Häuser und Boote und das glitzernde saubere klare Wasser. Die Gegend ist so schön. Ich habe hier dreißig Jahre gelebt und finde es so wunderschön, dass ich mich nie daran gewöhne. Die Gegend ist so schön, aber ich habe so gut wie keine guten Erinnerungen daran. Wie kam das?

Als sie klein war, machten wir das gemeinsam, wir setzten uns ins Auto, drehten die Musik laut und fuhren los. Wir fuhren hinaus nach Djurö oder an der Kirche von Värmdö vorbei oder einfach nach Norra Lagnö. Ich gab etwas zu viel Gas. Die Musik war etwas zu laut. Ich ließ etwas zu häufig das Lenkrad los und zündete mir eine neue Zigarette an. Jetzt ist mir klar, dass das nicht gut war, aber damals dachte ich nicht an so etwas. Nicht einmal, wenn sie mit im Auto saß. Ich war ruhelos. Ich fühlte mich gefangen. Ja, ich fühlte mich so oft in meinem eigenen Zuhause, in meinem eigenen Kopf gefangen. Jetzt bin ich in meinem kranken Körper gefangen.

«SABER IST TOT», sagte Masood an einem Nachmittag.

Ich hatte ihn nicht kommen hören. Er stand in der Tür. Aufrecht, starr, fast als würde er strammstehen.

Ich saß auf dem Teppich, hatte Aram auf dem Schoß. Sie war dreizehn Monate alt. Das kleine Zimmer, das wir gemietet hatten, bot nicht genug Platz zum Leben. Ein Keller ohne Fenster. Ein kleines Wesen kann so nicht lernen zu leben. Sie weinte immerzu, war untröstlich. Sie hatte den ganzen Tag geweint. Wir hatten auf demselben Fleck gesessen, und sie hatte den ganzen Tag geweint. Als er hereinkam, herrschte in meinem Kopf Nebel. Ich muss selbst auch geweint haben, denn ich musste mehrmals blinzeln, ehe ich ihn richtig erkennen konnte. Und ich bat ihn zu wiederholen, was er gerade gesagt hatte, vermutete, ich hätte mich verhört, die Silben und Arams verzweifeltes Weinen wären in meinen Ohren zu etwas anderem geworden.

«Was stimmt mit dir nicht!» Er schrie. «Er ist tot. Tot. Tot. Tot. Tot.»

Aram weinte noch lauter. Ihre kleinen Hände fuhren durch die Luft, als suche sie etwas zum Anfassen, um sich daran festzuhalten. Besänftigend hob ich sie an die Brust. Versuchte, einen klaren Gedanken zu fassen, einen Gedanken, der mehr war als nur Leere.

«Warum sitzt du nur da!», schrie er.

Ich brüllte zurück. «Was soll ich tun, Masood? Was noch,

was sollen wir tun? Es ist vorbei, alles ist vorbei, nichts ist geblieben.»

Er kam zu mir und nahm sie auf den Arm. Jetzt weinte sie noch lauter. Weinte und schrie, dass es mir weh tat. Es klang, als bekäme sie keine Luft, und seine Augen waren schwarz, dunkler, als ich sie je gesehen hatte, und ich wollte nicht, dass er mein Kind hielt.

«Masood, gib sie mir!»

Ich versuchte, auf die Beine zu kommen, als mich ein Schlag traf, so hart, dass ich auf den Rücken fiel. Mein erster Gedanke war: ein Erdbeben. Ich dachte an Aram. Wir waren in einem Keller, über unseren Köpfen stürzte alles ein. Da traf mich wieder ein Schlag, und ich begriff, das war nicht die Erde, das war er. Er stand über mir, hielt Aram im Arm und trat mit seinen schmutzigen Schuhen nach mir. Er trat gegen meinen Bauch, meine Brust, zielte nach meinem Gesicht. Ich hob schützend die Arme, und er trat, trat immer wieder. Ich hörte kleine Knochen auf der Oberseite meiner Hände brechen. Ich hörte das laute Weinen Arams, meines schon verzweifelten Kindes. Ich hörte sein Keuchen.

Und da erstarrte ich. Lag dort auf dem Boden und erstarrte. Im Zimmer gab es kein Fenster, es gab kein Telefon, und ich konnte mich nicht rühren. Ich lag da und starrte auf das Muster des Teppichs. Der Teppich war handgeknüpft. Unser kostbarster Besitz. Wir schleppten ihn bei jedem Umzug mit. Masood trug ihn auf seinen Schultern. Ich weiß nicht, warum wir meinten, er sei so wichtig, dass er mitmusste. Warum ausgerechnet der Teppich.

Handgeknüpft in Dunkelblau und Rot und mit wirbeln-

den Mustern, um darin zu ertrinken. Genau wie das dun-
kelblaue Meer vor dem Fenster des Autos, gesäumt von
roten Häusern und Inseln, die wirbelnde Muster schufen,
um darin zu ertrinken. So etwas Schönes. Warum habe ich
keine guten Erinnerungen?

MEIN KIND IST alles, was in meinem Leben etwas bedeutet. Ich weiß nicht, ob es daran liegt, dass ich sonst so wenig
habe. Aber so ist es jedenfalls, Aram ist alles, was ich habe.
Ich liebe sie, das tue ich. Wer liebt sein Kind nicht? Sie ist
wichtig für mich. Ich will, dass es ihr gutgeht, ich will, dass
sie gesund ist und froh. Ich will sie oft sehen. Das alles will
ich. Aber ein Elternteil sein mag ich nicht. Das mochte ich
noch nie.

Wenn ich an die Entbindung denke, fällt mir nur ein
Wort ein: Reue. Reue, dass ich mich in diese Situation gebracht habe, dass ich meinen Körper in diese Situation gebracht habe. Der Schmerz. Was für ein Schmerz. Warum
soll man den aushalten müssen? Männer würden so etwas
niemals akzeptieren. Ich bekam zu hören, ich solle froh
sein, ein großes Baby in mir zu haben, das kräftig war und
in der Schwangerschaft gedieh. Ich hatte alles richtig gemacht, war in der richtigen Weise schwanger gewesen. Jetzt
sollte ich es nur hinauspressen, dieses Produkt meines Körpers, für das ich als Frau gut genug gewesen war. Diese ge-
waltige Masse. Ich sah vor mir jemanden, der nicht hinaus-
wollte. Jemand, der mich mit seinen Nägeln kratzte, mit
Beinen trat und mit seinen Armen dagegen ankämpfte. Jemand, der bereits von mir enttäuscht war, weil ich störte, sie
hinauszwang, hinaus in das hier. Ich dachte, dass sie mich
vermutlich schon hasste.

Es war eine Demütigung in Flüssigkeiten. In den Stellungen, zu denen ich meinen Körper formen musste. Sie stellten mich im Bett auf, drückten meine Hände gegen die Wand und forderten mich auf zu pressen. Pressen, pressen. Bald schrie eine Schwester, jetzt sei sie zu sehen. Schau, schau nach unten. Ich konnte nicht. Die Wange an der kalten Krankenhausmauer, stand ich da, die Tränen liefen über die geschwollene Brust, und schrie und zitterte. Und bereute. Wie ich bereute.

Als man sie mir an die Brust legte, liebte ich sie. Doch, das tat ich. Vom allerersten Moment an liebte ich sie. Ich begriff, ich würde mein Leben für sie geben. Und das war es wohl. Ich begriff, ich würde mein Leben für sie geben, und das ließ sich nicht ändern, das ließ sich nicht zurücknehmen. Jetzt war es ihr Körper, für den es meinen gab. Das erschreckte mich. Das würde eine langgezogene Qual sein. Sie würde mich ein Leben lang begleiten.

Über solche Gefühle kann man mit keinem Menschen sprechen. Nicht als Frau, nicht als Mutter. Ich liebe mein Kind, aber Mutter zu sein hasse ich. Ich hasste es vom ersten Moment an. Manchmal hasse ich sie, weil sie mich in diese Situation brachte.

ALS ICH DIE Diagnose bekam, war mein erster Gedanke, sie anzurufen. Ich wollte sie bei dem unterbrechen, was sie gerade tat. Ich wollte schreien und weinen. Ich wollte rufen: «Hilf mir. Rette mich!» Das war alles, was ich wollte, aber ich tat es nicht. Darauf bin ich stolz. Stattdessen habe ich sie geschützt, wenn auch nur für ein paar Stunden.

Ich habe das so oft in meinem Leben getan. Den Hörer abgenommen und sie gebeten, mich zu retten. Vor ihrer Schlafzimmertür geschrien: «Hilfe, hilf mir.» Ich habe es immer wieder getan, gegenüber dem Wesen, dem zu helfen, das zu schützen, zu retten meine Aufgabe ist. Sie war dabei, als er mich zum ersten Mal schlug, und sie war bei allen folgenden Malen dabei. So ist es gewesen. Keiner von uns versuchte, sie zu schonen, versuchte, unser Misslingen, all diesen Schmerz vor ihr zu verbergen. Nein, im Gegenteil.

Einmal war sie zu einer Pyjamaparty bei Malin eingeladen, einer aus der Fußballmannschaft. Sie hatte ihr eigenes Leben, obwohl sie erst zehn Jahre alt war. Ihre eigene Welt. Ganz allein hatte sie Chips gekauft und eine Tüte Süßigkeiten. Ich begleitete sie und lieferte sie dort ab. Kontrollierte, dass die Eltern zuhause waren.

«Mama, du brauchst nicht mit reinzukommen», sagte sie.

Aber ich schob sie behutsam zur Seite und ging hinein. Vor dem Fernseher lagen Matratzen und auf dem Tisch in der Küche waren Tacos gedeckt. Jemand hatte sich Gedanken gemacht, jemand hatte vor, sich um sie zu kümmern. Da begann es in meinem Bauch zu zwicken.

«Nach acht Uhr dürft ihr nicht mehr aus dem Haus gehen, hast du mich gehört? Es ist mir egal, was die anderen dürfen oder ob sie es trotzdem tun. Du machst es nicht!»

Sie nickte, sah weg. Sie wollte mich loswerden. Sie wollte in diese andere Welt eintreten, in ihre eigene Welt.

«Ich rufe an und kontrolliere!»

Wieder nickte sie. Sie würde nach draußen gehen, das war mir klar. Sie würde alles tun, wozu sie Lust hatte. Das hatte ich auch getan.

Dann ging ich durch den Sommerabend nach Hause. Schwedischer Sommer. Ich liebe den schwedischen Sommer. Es war warm, und zwischen den Reihenhäusern war alles grün. Der kleine Waldsee duftete. Feuchtigkeit, Wärme und dieses Grün. Ich ging langsam, hatte es nicht eilig, nach Hause zu kommen. Hatte es überhaupt nicht eilig dorthin. Er war da. Heute Abend arbeitete er nicht, und ich arbeitete heute Abend nicht, und ausgerechnet an diesem Abend musste sie auswärts übernachten, uns allein lassen. Ich ging auf den leeren Spielplatz, setzte mich auf eine der Schaukeln und nahm Anlauf. Ich glaube, ich habe lange dort gesessen. Schaukelte, schaukelte immer höher, dann ruhte ich etwas aus. Schaute mir die Umgebung an. Hier zu wohnen war Luxus für uns. Nicht weil wir das nicht verdient hätten, so war es nicht. Wir hatten hart gearbeitet, um hier zu landen. Aber vor allem, weil der Kontrast so groß war zu dem, womit wir angefangen hatten.

Nie werde ich den Abend vergessen, als wir unsere erste

Wohnung auf Nelsons Kulle bekamen. Wir kamen direkt aus dem Flüchtlingslager. Waren darauf vorbereitet, unser neues Leben zu beginnen. Aber diese Umgebung … So etwas hatten wir in Schweden noch nicht gesehen. Das sah aus wie etwas, das am äußeren Rand lag. An der Grenze von Schweden und dem Nichts, ich weiß es nicht. Nicht auf eine magische, märchenhafte Weise. Das Flüchtlingslager war so gewesen. Hübsche kleine Hütten in einem Wald. Wir mussten unsere mit einer anderen Familie teilen, aber das machte nichts. Dort war es schön. Aber das hier, das war Asphalt und Beton und Blech und lange Reihen schmutzig grüner Balkons mit mehreren Wohnungstüren. Es war hässlich, es stank nach Urin, zwischen den Häusern torkelten Betrunkene. In den Wohnungen wurde geschrien.

Was sollten wir sagen? Es war eine Demokratie, es herrschte Frieden und Freiheit. Aber es war auch furchtbar. Nelsons Kulle, dort gelandet zu sein zeigte uns überdeutlich, dass wir ganz unten waren. Wir, die politischen Flüchtlinge. Zwischen Alkoholikern und alleinerziehenden Müttern und allen anderen, die ihr Leben lang in Freiheit und Demokratie hatten leben dürfen, aber nicht weiter als bis dorthin gekommen waren. Dort wollten wir nicht sein. Und wir hatten nicht vor, länger zu bleiben, als wir mussten. Also arbeiteten wir. Wir arbeiteten, arbeiteten, verdienten Geld, legten es auf die hohe Kante. Trugen alte schäbige Kleidung und geizten am Essen. Und dann kauften wir das Reihenhaus. Zogen mit unserem Hab und Gut dorthin, wo Ruhe herrschte.

Man versucht es. Man versucht, etwas Schönes aufzubauen, denn das ist besser als das Gegenteil. Und man meint, man kann das, man vermag Schönheit zu schaffen. Aber dann wird es nicht so. Es wird nicht so schön, wie es hätte werden können, nicht so schön, wie man es vor sich gesehen hatte, wie man es sich erhofft hatte. Ich weiß es nicht. Ich kämpfe noch immer damit, es zu begreifen. Man denkt, wenn es einem gelungen ist, dem Krieg zu entfliehen, und man im Frieden gelandet ist, dann sollte man so viel glücklicher werden. Wenn man mit seinem Baby im Keller lebte, mit fallenden Bomben, und man jetzt einen Garten hat und den klaren Himmel über sich, dann sollte man doch glücklicher werden. Man denkt, wenn man den Alkoholikern und dem unablässigen Heulen des Martinshorns entkommen ist, dann wird man glücklicher. Aber so funktioniert es nicht, und ich weiß nicht, warum.

Schließlich ging ich nach Hause. Öffnete vorsichtig die Tür. Ein Blick auf die Wanduhr zeigte mir, dass ich lange weg gewesen war. Zu lange. Es war ganz still im Haus, eine unheilverkündende Stille. Ich hatte zumindest die Geräusche eines Fußballspiels im Fernsehen erwartet. Aber kein Laut, keine Bewegung. Ich ging zur Badezimmertür. Wollte mich duschen, ein bisschen Zeit totschlagen. Da kam es.

«Komm her!»

Masoods Stimme klang hart, und ich gehorchte. Er saß im Wohnzimmer auf der Couch. Sah mich nicht an. «Wo bist du gewesen?»

«Ich habe Aram abgeliefert, das weißt du doch.»

«Das war vor zwei Stunden! Wo bist du in den letzten beiden Stunden gewesen?»

«Ich bin spazieren gegangen, bin durch die Gegend spaziert. Der Abend ist so schön.»

«Du bist nicht spazieren gegangen!» Jetzt war er auf die Füße gekommen. «Mit wem warst du zusammen? Sag es.»

Ich frage mich, ob ich damals etwas hätte anders machen können. Wenn ich etwas anderes gesagt hätte, hätte es dann aufgehört? Wenn ich ihm die Hand auf den Arm gelegt und gesagt hätte: «Liebling, entschuldige. Ich hätte mich beeilen sollen. Das war nicht richtig von mir.» Wenn ich nun so etwas gesagt hätte, mich vorgebeugt und ihn geküsst hätte. Ob das etwas bewirkt hätte? Und ob dann alles ganz anders verlaufen wäre, unser ganzes Leben? Wenn ich mich so verhalten hätte, würde er dann vielleicht noch leben? Dann würde ich vielleicht nicht sterben müssen. Wäre es das vielleicht wert gewesen? Die Opferung meines Stolzes? Ich bin mir nicht sicher.

«Was hast du damit zu tun? Ich darf doch wohl treffen, wen ich will und wann ich will!»

So antwortete ich stattdessen, und er hob die Hand über meinen Kopf. Ich schrie und erwartete, dass sie mir zu Hilfe kommen würde. Aber sie kam nicht. Sie war nicht da.

Wenn ein Mann eine Frau schlägt, kann er das auf sehr unterschiedliche Weise tun. Wenn man es nicht selbst erlebt hat, denkt man vielleicht, es handle sich um eine Ohrfeige. Gegen eine Wand gestoßen zu werden. Aber er machte so vieles. Als wäre der Zorn unendlich und, einmal geweckt, nicht mehr aufzuhalten. Und das Geräusch, wenn man nur das Geräusch einspielen könnte. Die Flüssigkeiten einsammeln. Den Geruch. Das waren Schreie, meistens nicht so viele Worte, meist nur Schreie. Das war mein Schluchzen, meine Tränen. Das war sein Keuchen, sein Schweiß. Das war heißer Tee, der an die Tapete flog. Das waren Zigaretten in den Atempausen. Und dazu das Geräusch der Schläge.

Meistens fing es mit einer erhobenen Hand und einem Schlag ins Gesicht an. Manchmal war es eine Ohrfeige, aber meistens eine geballte Faust. Eine geballte Faust auf meinen Mund. Auf meine Wange. Auf die Stirn. Unter das Kinn. Es variierte. Eigentlich reichte der erste Schlag, meistens stürzte ich dann hin. Damit hätte er fertig sein können, aber so funktionierte es nicht. Wenn ich dalag, fing er an zu treten. Er trat gegen die Beine, in den Bauch und gegen die Brust, wenn er drankam. Ich krümmte mich schnell in eine Embryonalhaltung, und dann ging er auf den Rücken los. Nicht gegen den Kopf, jedenfalls erinnere ich mich daran nicht. Aber es kam vor, dass ich das Bewusstsein verlor, ein früher Schlag so heftig war, dass ich weg war. Dann bekam er Angst, glaube ich. Dann holte er eine Kanne kaltes Wasser und goss es über mich. Danach war Schluss. Wenn ich frühzeitig weg war, kam ich um das Schlimmste herum. Die Jagd. Die Jagd war das Schlimmste. Gejagt zu werden von dem Mann, neben dem man nachts schläft.

Wenn er trat, versuchte ich, mich aufzurichten und wegzurennen. Oft gelang es mir. Er war ja kein professioneller Boxer. Im Grunde glaube ich nicht, dass er sonst an vielen Schlägereien beteiligt war. Beim Zutreten fuchtelte er unbewusst mit den Armen. Wenn ich losrannte, rannte er hinterher. Es kam vor, dass er im Flur einen Hockeyschläger nahm, damit schlug er mich nieder. Einmal holte er mich ein und legte mir die Hände um den Hals, presste mich gegen den Bettrahmen und drückte mir die Kehle zu. Ich glaubte damals, ich würde sterben. Er glaubte es auch. Wer das hört, wird sich fragen: Liebe Güte, wo war das Kind? Ja, sie war genau da! Zwischen uns.

Als er mit dem Hockeyschläger hinter mir herrannte, schlug er sie zuerst zu Boden. Nicht mit Absicht. Auf sie ging er nie los. Aber sie war im Weg. Sie sah ihn an, als er zum ersten Schlag ausholte. Stellte sich zwischen uns. Als er sie zur Seite stieß, fiel sie auf den Teppich. Auch an dem Tag, an diesem Tag, als ich glaubte, er würde mich erwürgen, war sie dabei. Sie zerrte an seinen Armen, knuffte ihn in die Seite. Schrie: «Hör auf! Hör auf!» Aber als das nicht wirkte, rannte sie weg. Ich hörte sie rennen, hörte, wie sie die Haustür zuknallte. Sie holt Hilfe, dachte ich. Aber es passierte nichts. Ich verlor die Besinnung. Als ich zu mir kam, lag ich im Bett, allein. Das Zimmer war dunkel. Kein Geräusch war zu hören. Ich röchelte, versuchte, mich zu räuspern, versuchte zu sprechen, konnte aber kein Wort hervorbringen. Als es mir schließlich doch gelang, war es ihr Name.

«Aram! Aram!» Erst flüsterte ich, aber dann irgendwann brach die Todesangst aus meiner Stimme.

«Araaam, Araaam!» Ich schrie und schrie und schrie.

Bald hörte ich, dass die Haustür aufging. Dann öffnete sich die Schlafzimmertür. Sie steckte den Kopf herein. Wilde Locken, aufgerissene Augen.

«Hilf mir», murmelte ich, und sie kam näher. Sank auf den

Boden. Nahm meine Hand und strich mir mit der anderen Hand über den Kopf.

«Warum hast du mich verlassen?» Das war es, was ich ihr zu sagen hatte. Nicht: Es wird wieder gut. Nicht: Verzeih. Nichts von alledem, nichts, was eine Mutter sagen sollte, sagte ich. Ich war nur böse. Böse auf sie. «Warum hast du mich verlassen.»

Jener Sommerabend. Als sie auf der Pyjamaparty ihre Zuflucht genommen hatte, in dieser idyllischen Welt, die ihr jemand bereitet hatte. Als ich langsam spazieren gegangen war, auf dem leeren Spielplatz geschaukelt hatte, als ich die Reihenhäuser mit ihren kleinen Gärten betrachtet hatte, die Menschen gehörten, die weder zu viel noch zu wenig besaßen. Als ich nach Hause in die Stille gekommen war und er mich erwartet und ich ihn angekeift hatte, und er sich vor mich hinstellte und mich schlug. Es war, als fehlte uns beiden etwas. Der Kontakt zwischen uns war nicht mehr im Fluss, war gestört. Ich lag auf dem Boden, er stand über mir, ich weinte.

«Ich will Aram holen», klagte ich. Und er stimmte mir zu.

Wie er es ausdrückte, weiß ich nicht mehr, aber er ließ zu, dass ich aufstand und das Haus verließ. Ich kletterte ins Auto und fuhr in wenigen Minuten dorthin. Erst nachdem ich geklingelt hatte, sah ich mein Spiegelbild im Fenster und fragte mich, was ich da gerade tat. Die Schminke war verschmiert, der Pferdeschwanz löste sich auf, und die Wangen waren knallrot und brannten. Als die Tür aufging, hob ich schnell die Hand. Verdeckte das flammend rote Gesicht. Ich hatte gehofft, dass eins der Kinder öffnen würde, aber natürlich war es nicht so. Es war die Mutter, die hier wohnte. Die richtige Mutter.

«Nanu?», sagte sie zögernd.

«Ich will Aram abholen.»

Sie schüttelte den Kopf, als hätte sie das zu entscheiden. «Nein, den Mädchen geht es bestens.»

Ich schluckte. «Ich verstehe. Aber sie muss nach Hause kommen.»

Wie sie mich ansah. Wie sie nicht aus dem Weg gehen wollte. Wie sie begriff, dass sie dazu kein Recht hatte. «Ist etwas passiert?»

Ich antwortete nicht darauf. «Können Sie sie holen?»

Sie warf mir einen langen Blick zu. Ich weiß nicht, ob sie mich verurteilte oder ob ich ihr leidtat. Aber sie ging nach drinnen. Ich hörte fröhliche Stimmen, hörte, wie sie verstummten. Sah fünf Mädchen im Flur auf mich zukommen, mich anschauen. Mit demselben Blick wie die Mutter, fand ich, aber was wussten die denn. Dann kam sie. Hatte ihre Sachen zusammengepackt, den Rucksack hielt sie in der Hand. Sie sah mich nicht an, sah auch ihre Freundinnen nicht an. Sie sagte einfach nur tschüss und ging hinaus, an mir vorbei.

Vielleicht bewegt sich Schmerz im Kreis, vielleicht verursachte ich ihr Schmerz, um meinen zu rächen.

ALS SIE KLEIN war, setzte ich sie ins Auto und fuhr los. Ich glaube, das sind die besten Erinnerungen, die ich für sie schuf, selbst wenn sie getrieben waren von meiner Angst. Vielleicht spürte sie die Angst nicht, vielleicht erlebte sie nur die Energie. Diese ganze Energie, die ich aktivierte, um vor dem zu fliehen, was mich jagte. Wir fuhren durch grüne Wiesen und üppige Wälder und über glitzerndes Wasser. Der Schärengarten begeisterte uns, obwohl wir mittendrin lebten. Meistens hörten wir persische Musik. Googoosh. Wie jetzt, als wir mit Johan zusammen unterwegs sind zu seiner Familie. Ich freue mich, dass sie für ihn dieselbe Musik spielt. Sie zeigt, was ich ihr gegeben habe.

Man o to ba hamim ama delamon kheyli doore. Wir sitzen hier zusammen, aber unsere Herzen sind so weit voneinander entfernt. Als sie klein war, sah sie mich mit großen Augen an, wenn ich sang. Es gefiel ihr, das sah ich, und daraufhin legte ich richtig los. Manchmal bat sie mich auszuschalten und die anderen Lieder zu singen, Lieder, die es nicht auf Kassette oder CD gab. Das waren Volkslieder aus meiner Kindheit. Sie hatte bestimmte Sätze gelernt, sang mit. Den Dialekt verstand sie nicht, aber irgendwie verstand sie die Bedeutung der Wörter doch. Das sah ich an ihrer Miene. Oder ahmte sie mich unbewusst einfach nach? Sehnsucht und Trauer. So etwas wird genauso vererbt wie die rabenschwarzen Haare.

Im Auto waren wir geschützt. Uns schützte das Metall, und uns schützte die Geschwindigkeit. Sie und ich, geschützt, ohne uns gegenseitig zu schützen. Die Musik war unser Bindeglied nach draußen, war das, was uns mit unserer Herkunft verknüpfte. Sie fühlte wohl auch, dass es die Musik unserer Herkunft war. Ich glaube, dass sie sich auf eine bestimmte Art diesen Liedern mehr zugehörig empfand als dem glitzernden Meer des Schärengartens. Vielleicht bleibt das so, solange es mich gibt. Vielleicht kann sie davon frei werden, wenn ich gestorben bin. Vielleicht kann sie ihre Wurzeln dann stattdessen auf die Inseln und das Meer verlagern.

Aber heute ist Mittsommer, und ein anderer fährt das Auto. Jemand, den sie gefunden hat, jemand aus ihrer Welt. Ich sitze auf dem Rücksitz, und nichts schützt mich. Alles hat mich eingeholt, und keine Geschwindigkeit der Welt kann mir zur Flucht verhelfen.

Wir erreichen das Meer und parken den Wagen. Unsere Ausflüge mit dem Auto pflegten hier zu enden. Ich fuhr so lange, bis wir ans Wasser kamen. Dann blieben wir ein paar Minuten sitzen und schauten aufs Meer, anschließend wendete ich und fuhr in eine andere Richtung, bis wir wieder ans Wasser kamen. Aber heute werden wir mit dem Boot abgeholt. Johans Vater hilft mir ins Boot, und alle sehen mich an, als könnte ich jeden Augenblick entzweigehen. Beunruhigt euch nicht meinetwegen, möchte ich sagen. Ich komme zurecht. Aber ich schweige. Denke daran, wie mein Inneres aufgefressen wird und entzweigeht, Stunde um Stunde mehr entzweigeht.

Das Motorboot fährt wohl nicht sehr schnell, aber es fühlt sich so an, und ich muss mich sehr konzentrieren. Ich schließe die Augen und lasse mich vom Wind malträtieren. Meine Haut malträtieren und durch den Schal meinen Kopf, meinen kahlen Schädel. Ich höre nichts als den Wind und den Motor, und das genieße ich. Ich fühle mich lebendig, lebendiger als seit langem.

«Danke», sage ich zu seinem Vater, als das Boot langsamer wird.

Ich gebe mir Mühe, das ordentlich zu sagen, so dass er mich versteht. Aber er denkt sicher, ich bedanke mich für die Tour.

«Keine Ursache», sagte er. Einfach so, keine Ursache.

Ich denke, wenn man nicht selbst dem Sterben nahe ist, kann man nicht verstehen, wenn sich jemand für das Leben bedankt.

SOLANGE ICH DENKEN kann, war mein Vater krank. Um in der Nähe, um dabei zu sein, hatte er sein Lager in der Küche. Neben ihm stand immer ein Tablett mit einer brennenden Wasserpfeife und einem Glas Tee. In der Wasserpfeife war Opium zur Linderung der Schmerzen. Keine Medikamente und keine Klagen. Ich legte mich immer neben ihn und hörte seinen Geschichten zu. Seinen Gedanken – er hatte viele Gedanken über das Leben. Die Gedanken befanden sich auf einer Ebene, die ich nicht recht verstand. Er war Sufi, ein Derwisch. Ich verstand, was das bedeutete. An sich war ein Derwisch ein armer Mann, der für etwas Essen oder einen Platz zum Schlafen an Türen klopfte und Gebete las. Kindern erzählte man manchmal Geschichten vom Derwisch, um sie zu erschrecken: Wenn du nicht aufisst, kommt der Derwisch und holt dich! Ich dachte, so etwas konnte mein Vater nicht sein.

Der Bruder meiner Mutter nannte ihn immer den Philosophen, und das passte wohl eher. Er sprach über das Leben und die Liebe. Über seine Liebe zu uns und seine Liebe zur Erde, über die Schönheit, eine Handvoll Sand aufzunehmen und zuzusehen, wie der Sand durch die Finger wieder auf die Erde rieselt. Ich begriff nicht so viel von dem, was er sagte, aber das mit dem Sand blieb hängen. Ich hockte mich vor unsere Tür, nahm eine Handvoll des gelblichen Sands und ließ ihn langsam wieder zur Erde fallen.

«Warum machst du dir die Hände schmutzig!», schrie Mutter, wenn sie mich sah.

Wenn ich antwortete, das tue ich wegen Vaters Worten, verdrehte sie die Augen und knallte die Tür zu. Ihre Welt war das Weltliche. Kochen, arbeiten, saubermachen. Aber Vaters Welt war anders.

Der Sand rieselt auf die Erde, denn dort gehört er hin. Wir können ihn aufheben, einstecken, befördern. Aber selbst wenn Ozeane an Zeit vergehen und selbst wenn wir ihn Hunderte von Kilometern weit befördern, wird er doch wieder auf die Erde fallen, sobald sich die Gelegenheit dazu bietet. So sind wir alle an unseren Ursprung gebunden.

Wäre mein Leben anders verlaufen, würde ich mich vielleicht an anderes von dem erinnern, was mir Vater sagte. Aber an diese Worte denke ich.

WÄHREND DIE ANDEREN noch auf dem Steg am Mittsommertisch sitzen, gehe ich los und setze mich unten an den
kleinen Strand. Dieser weiße Sand ist nicht von hier, jemand hat ihn hierhergebracht. Übers Meer und auf diese
kleine Insel gebracht. Mit angezogenen Beinen sitze ich
auf dem Sand, die roten Zehennägel bohren sich unter die
Oberfläche. Vorsichtig nehme ich eine Handvoll Sand, drücke ihn zusammen, halte ihn fest. Vielleicht lässt es sich
aufbrechen, vielleicht kann man Dinge auch dort halten, wo
sie nicht hingehören. Den Sand in der Luft, in meiner Hand.
Ich drücke so fest zu, dass meine Hand krampft, dann lasse
ich aufstöhnend los.

«Ist alles okay?», ruft Aram vom Steg.

Ich nicke. Der Sand ist wieder auf die Erde gefallen.

Dies ist eine Insel, und sie gehört ihnen. Ein Stück Land,
das direkt aus dem Meer aufsteigt und das ihnen gehört.
Das erstaunt mich. Außer dem Sand am Strand, dem dorthin gebrachten, ist alles auf der Insel robust und fest, als
könne nichts sie erschüttern. Der größte Teil ist von Wald
bedeckt, von hohen, sehr hohen Bäumen, von Stämmen
so dick, dass sie die Aussicht verdecken. Ich wundere mich
über so etwas, das einfach so sein darf. Geht man auf den
Pfaden weiter, krümmen sich unter den Füßen Wurzeln. Ich
berühre sie. Die kann man nicht hochheben, nicht einfach
an einen anderen Ort umsetzen. Die müssen nie zwischen

den Fingern von irgendjemandem hindurchschlüpfen, auf die Erde fallen, um wieder nach Hause zu kommen. Die sind schon dort, werden es immer sein. Ich schaue hinüber zu den anderen am Mittsommertisch. Denke, dass ich Teil eines Volks von Sand bin, aber sie sind ein Volk von Wurzeln.

ALS ICH MIT der Schule anfangen sollte, sagte Mutter, ich solle zu Maryam ziehen. Sie arbeitete in einer kleinen Stadt, drei Stunden entfernt. Ich sollte in ihre Klasse gehen, ihre Schülerin werden. Abends sollte ich ihr zuhause helfen, beim Kochen und Abwaschen und so etwas. Ich werde böse, wenn ich daran denke, dass meine Mutter mich wegschickte. Meine Schwester sollte damit entlastet werden, aber ich werde böse, weil ich benutzt wurde wie ein Werkzeug. Nicht wie etwas von Wert, etwas, auf das man aufpassen sollte.

In jenem Sommer hatte Maryam geheiratet. Ihr Mann heißt auch Masood, keine Ahnung, ob das Ironie des Schicksals ist. Dort draußen gab es nicht so viele liberale Männer, wie wir Frauen in meiner Familie waren. Oft mussten wir mit Mistkerlen vorliebnehmen. Masood war Lehrer wie Maryam und etwas jünger als sie. Ich glaube, das schuf Probleme. Meine Schwester war mehr als er. Besser in Mathematik, dem Fach, das beide unterrichteten, besser im Umgang mit Menschen; er geriet dauernd in Konflikte, die sie lösen musste. Und außerdem war sie schön, stolz, stark. Alles, was eine Frau noch immer nicht sein darf, nicht einmal in Schweden, ohne dass sie Ärger bekommt. Also machte er sie klein. Er verbot ihr, abends zu arbeiten. Sie sollte kochen, die Wohnung in Ordnung halten und seine Wäsche waschen. Und während er seine Arbeit erledigte,

sollte sie dabeisitzen und die Löcher in seinen Hemden fli-
cken und Schuhe putzen. So war es, ganz genau so. Und
deshalb wurde ich gebraucht. Um ihr in der Küche Gesellschaft zu leisten, wenn er sie angeschrien und sie sich zu-
rückgezogen hatte. Wie eine Art Schutz, das hatten sie sich
wohl für mich überlegt.

Für einen Lehrer war es unmöglich, abends nicht zu
arbeiten. Sie hatte Arbeiten zu korrigieren und Aufgaben
vorzubereiten. Deshalb stand sie leise auf, sobald er eingeschlafen war, schaltete weit entfernt vom Schlafzimmer,
meist im Hausflur, eine schwache Lampe an. Dort saß sie
mit ihren Papierstapeln, der Brille auf der Nasenspitze und
dem Stift im Mund. Das im Mahagoniton gefärbte Haar
hatte sie zu einem Dutt hochgesteckt, und mit ihrem langen Hals und den dichten Wimpern sah sie in dem schwachen Licht aus wie eine Elfe. Schön, sehr schön. Sie war so
schön.

Wie ein Wachhund lag ich auf einer Matratze im Wohnzimmer. Das ganze Theater spielte sich vor meinen Augen
ab. Sie folgte ihm ins Schlafzimmer. Bestenfalls sprachen
sie leise, nur wenige Worte, dann wurde es still. Nach eini-
gen Minuten wurde sein Schnarchen lauter. Dann knarrten
die Sprungfedern, und sie schlich auf leisen Sohlen an mir
vorbei in die Küche. Ihre Tasche hatte sie in einem Küchen-
schrank versteckt. Nahm heraus, was sie brauchte, setzte
sich auf ihren Platz. Schaute zu mir herüber und blinzelte
mir zu.

«Schlaf jetzt, *azizam.*» Mein Liebling.

Ich lächelte, warf ihr eine Kusshand zu. Schloss die Augen

und hörte auf das Geräusch ihres Stifts, bis ich darüber einschlief.

Aber dann kippte es. Es kippte, und ich war daran schuld. Der Winter war in jenem Jahr hart, und wir waren nicht an Schnee und Kälte gewöhnt, jedenfalls nicht so. Ich kam aus der Schule nach Hause mit Fieber und einem Husten, der den ganzen Körper schüttelte. Ich war sieben Jahre alt. Sieben Jahre und dünn wie ein Blatt, und ich war weit weg von meiner Mutter, und ich wollte nicht stören, deshalb verkroch ich mich in meine Ecke im Wohnzimmer und versuchte, still zu sein. Aber in mir kochte und vibrierte es, und es gelang mir nicht, mich unsichtbar zu machen. Ich glaube, das war das Erste, was er beim Nachhausekommen sah: meinen nassgeschwitzten, zitternden Körper. Den er dort nicht haben wollte.

Er nahm es mit der Sauberkeit sehr genau. Weigerte sich, die Hand zu geben, wenn er nicht wusste, dass die Hände gerade gewaschen worden waren. Er wollte, dass Maryam Obst und Gemüse mit Spülmittel wusch. Sie musste jeden Freitag die Teppiche herausnehmen und in der Sonne schrubben. Jeden Abend und jeden Morgen machte sie die Toilette sauber. Manchmal öffnete er die Tür, steckte den Kopf herein und kontrollierte. Rief dann ihren Namen. Maryam! Dieser so weiche Name bekam den härtesten Ton. Wann er auch kontrollierte, war er unzufrieden.

Ich glaube, eigentlich gefiel ihm, dass ich dort wohnte. Es gefiel ihm, sie mit einem Kind neben sich in der Küche zu sehen. Nur wenn ich krank war, wollte er mich nicht dort haben, und ich hatte nichts, wohin ich hätte gehen können.

Ich spürte ihren Stress. Sie brachte mich ins Badezimmer, ließ heißes Wasser laufen, so viel es gab, und ließ mich dann in dem Wasserdampf sitzen.

«Das tut deiner Lunge gut», sagte sie und ging. Aber mir war klar, dass ich nur aus seinem Blickfeld verschwunden sein sollte.

«Das Mädchen wird mich anstecken, Maryam, das geht nicht.»

Ich saß auf dem kleinen Plastikhocker im Badezimmer und hörte ihnen zu.

«Keine Sorge, Masood. Das ist nur ein Abend. Ich lasse sie nichts anfassen. Das geht vorüber.»

«Soll ich in meinem eigenen Zuhause keine Ruhe haben? Muss ich mich in meinen eigenen vier Wänden über Bazillen und Dreck beunruhigen?»

«Lieber, sie ist nur ein Kind. Das beeinträchtigt uns nicht, das geht vorbei.»

«Jetzt bist du zu spät mit dem Essen! Weil du dich um das Mädchen gekümmert hast. Sie ist doch hier, um dir zu helfen!»

«Lieber. Natürlich. Sie hilft mir. Morgen wird sie mir wieder helfen. Keine Sorge.»

Es wurde still. Sie musste schnell in die Küche gegangen sein. Ich sah vor mir, wie sie vor dem Herd auf dem Teppich saß. Wo sie sich wie eine alte Frau hin und her wiegte, während sie in den Töpfen rührte. Das war ihre Unruhe. Sie war ständig angespannt. Als erwarte sie einen Befehl, eine Beschwerde, ihren Namen, den Klang ihres Namens wie eine Anklage. Oder wusste sie es schon? Vielleicht war ihr klar, dass es an diesem Abend passieren würde. Vielleicht war nur ich erstaunt.

Wärme und Wasserdampf im Badezimmer nahmen nach und nach ab, aber ich wagte nicht, mich zu rühren. Ich blieb sitzen und bibberte. Ich hörte, dass er in seinen Zeitungen blätterte und wie sie die Wachstuchdecke auf dem Teppich ausbreitete. Teller und Besteck bereitstellte. Ich hörte, dass sie sich setzten und anfingen zu essen. Ich begriff, dass sie mich nicht holen würde. Meine Nägel waren inzwischen blau, und der Husten quälte mich. Ich stellte das Wasser an. Hoffte, dass es sich wieder erwärmt hatte, aber es war eiskalt. Ich drehte den Hahn zu und setzte mich wieder. Ich zitterte am ganzen Leib, und vom Fieber drehte sich in meinem Kopf alles, und ich wusste nicht, was ich tun sollte. Ich wollte nur nach Hause zu meiner Mutter. Ich wollte nach Hause und neben Vaters Krankenlager auf dem Küchenfußboden liegen und seinen Geschichten zuhören. Von der Erde und der Liebe. Der Liebe.

Ich erinnere mich, wie ich böse wurde, wie ich böse wurde auf meine Schwester. Ich erinnere mich, wie mich dieses Gefühl ganz ergriff. Ich stand auf, öffnete die Badezimmertür. Nackt und hustend rannte ich hinaus. Maryam und Masood blickten überrascht von ihren Tellern auf. Ich glaube, wir waren alle überrascht von dem, was ich gewagt hatte. Wir sahen uns an, und niemand sagte ein Wort. Ich rannte zur Kommode in der Ecke des Wohnzimmers. Ich stand mit dem Rücken zu ihnen und holte aus der Schublade mein Handtuch, versuchte, Kleidung zu finden. Vom Husten tränten mir die Augen, und ich sah nichts. In diesem

Augenblick stand ich wie im Nebel und bekam es mit der Angst zu tun: Was hatte ich angerichtet.

Hinter mir war es still. Still, ganz still. Dann hörte ich, dass er aufstand, den Löffel auf den Teller warf und zum Flur ging. Er zog sich den Mantel an und knallte die Tür hinter sich zu. Ich wagte nicht, mich umzudrehen. Mit zitternden Händen zog ich die Hose an. Zog einen langärmeligen Pullover über den Kopf. Nahm meine Matratze, die zusammengerollt neben der Kommode stand, nahm meine Decke und das Kissen aus der untersten Schublade. Ich machte mein Bett und legte mich hin, meiner Schwester immer noch den Rücken zuwendend. Sie war nicht aufgestanden. Sie hatte keinen Ton von sich gegeben. Ich schämte mich. Schämte mich für das, was ich ihr angetan hatte. Ich dachte, dass ich keine Wahl gehabt hatte, wusste aber, dass auch sie keine gehabt hatte.

Ich döste ein und wachte Stunden später von einem Knall auf. Mit einem Ruck setzte ich mich auf. Das Zimmer war dunkel. Jetzt war ein Poltern zu hören und noch ein Schlag. Das kam aus dem Schlafzimmer. Ich rannte zur Tür, hielt das Ohr daran und lauschte. Die Schläge fielen in dichter Folge, aber sonst war nichts zu hören. Schläge und tiefe Atemzüge. Keuchen. Vorsichtig öffnete ich die Tür einen Spaltbreit, spähte hindurch. Sie lag auf dem Boden, von mir weggewandt. Er stand über ihr, trat mit seinem harten Fuß gegen ihren weichen Bauch. Sie lag ganz still da, stumm. Ich wollte schreien, beherrschte mich aber. Schloss vorsichtig die Tür und legte mich auf meine Matratze. Erstickte den Husten in meinem Kissen. Sie war tot, da war ich mir ganz sicher. Er hatte sie getötet, und vielleicht würde er sich als Nächstes mir zuwenden.

Einige Minuten später flog die Schlafzimmertür auf, und ich hörte ihn vorbeikommen, zum Flur gehen und hinaus in die Nacht verschwinden. Schnell war ich auf den Füßen und rannte ins Zimmer, warf mich neben sie auf den Boden.

«Maryam, Maryam, Maryam!»

Sie antwortete nicht. Sie hatte die Augen geschlossen, ihre Wangen waren rot, gelb, fast blau. Ich hielt einen Finger unter ihre Nase, wie man es bei schlafenden Babys tut, um sich zu versichern, dass sie atmen. Zuerst spürte ich nichts, aber dann. Schwach, aber doch zu spüren. Sie lebte. Ich sprang wieder auf und rannte in die Küche, füllte eine Schale mit kaltem Wasser und nahm das Küchenhandtuch vom Haken. Im Wohnzimmer zögerte ich. Dachte, ich sollte die Tür abschließen, um uns etwas Frieden zu verschaffen. Etwas Zeit. Aber der Eindruck seiner Wut war zu frisch. Ich wagte es nicht. Stattdessen lief ich zu Maryam, tauchte das Handtuch in das kalte Wasser und betupfte ihre Stirn, ihre Wangen, ihre Augen. Unter das kalte Wasser mischten sich meine Tränen und die Schweißtropfen von meinem fiebrigen Gesicht.

«Mach die Augen auf», flüsterte ich. «Liebe Maryam, bitte mach die Augen auf.»

Irgendwie wachte sie schließlich auf. Blickte mich mit diesen schönen grünen Augen an. Stumm sahen wir uns an. Dann nahm sie mir das Handtuch aus der Hand und tauchte es in die Schale. Sie hob den Arm, stöhnte und wischte meine fieberheiße Stirn ab, und ich kroch näher und legte mich ganz dicht neben sie, und so lagen wir den Rest der Nacht. Wir schliefen beide nicht, wir lagen nur dicht nebeneinander und sahen geradeaus. Wachten. Warteten darauf, dass er zurückkommen würde.

ALS ICH IN den Neujahrsferien zuhause war, erzählte ich meinem Vater von Maryam und ihrem Mann. Ich erzählte, dass er sie quälte. Und dass sie nur mit noch mehr Zuwendung reagierte. Vater sollte mit ihr reden, das wollte ich. Ihr sagen, sie solle zurückschreien. Ihr sagen, sie solle weggehen.

Ich lag auf dem Teppich, den Kopf auf seinem Schoß, und er drehte langsam die Pfeife zwischen den Fingern.

«Zu lieben ist mehr, als geliebt zu werden, *dokhtaram*.»

Skeptisch sah ich ihn an. War das alles? Müsste er nicht für unsere Ehre einstehen! Müsste er Maryam nicht schützen?

Er schielte hinüber zu Mutter, die am Herd stand, und obwohl ich ein kleines Kind war, begriff ich. Mutters angespannter schmaler Rücken. Ihr Gesicht, das nicht lächeln wollte. Ich begriff, dass er sie liebte, ohne geliebt zu werden. Und da war mir klar, dass ich es so nicht haben wollte. Ich wollte geliebt sein und es jeden Moment spüren. Selber zu lieben war nichts als Arbeit und Enttäuschung.

DIESER TAGE ZEIGTE mir Aram einen Artikel. Ich verdrehte die Augen. Wieder etwas, was sie eigentlich mit Masood teilen wollte. Aber es gibt nur noch mich. Es gibt für sie nur noch mich. Und bald hat sie niemanden. Das arme Kind.

Dass wir ihr das antun mussten. Unsere Kleine, sie wurde zu unserer ganzen Welt, musste uns die verschwundenen Welten ersetzen. Und wenn wir das gewusst hätten? Wenn wir gewusst hätten, dass es so werden würde, dass wir sie von unseren Wurzeln und unseren Familien losreißen würden, sie weit wegbringen und dann sterben würden? Sie im Stich lassen, sie einsam in einem Land zurücklassen, das nicht ihres ist. Denn das ist es nicht, wie schwedisch sie auch sein oder geworden sein mag. Hier gibt es niemanden, der sich um sie kümmern wird, so wie sie aufgehoben sein würde, wenn wir noch da wären. Das haben wir ihr angetan.

Ich kann mich jetzt fragen, was am meisten wert ist. Freiheit und Demokratie. Oder Menschen, die einen lieben. Und die, wenn man selbst stirbt, sich des Kindes annehmen.

Der Artikel handelte von einem, der gestorben ist. Als ich das begriff, wurde ich wütend. Warum zeigte sie mir so etwas? Warum versuchte sie nicht, mich zu schützen? *Ich will nicht sterben!*, wollte ich sie anschreien. *Warum zeigst du mir den Tod?*

Er handelte von Kiarostami, dem Regisseur. Masoods Idol. Krebs, genau wie ich. Irgendwie tröstet es mich. Das kann ich ihr nicht sagen, aber das ist mein erster Gedanke. Ich bin nicht allein damit, dem Tod ohne Haare zu begegnen, ohne meinen eigenen Körper und ohne meine Würde. Keiner von uns ist geschützt, nicht vom Talent, nicht vom Ruhm, nicht vom Geld. Vor dem Krebs sind wir alle gleich.

«Ich war nicht vorbereitet, dass alles so schnell zu Ende gehen musste», sagt sie.

Ihre Stimme ist belegt. Ich höre, wie sie sich dagegen wehrt, wie sie es zu unterdrücken versucht. «Ich hatte geglaubt, es würde mehr Zeit bleiben. Mehr Zeit, ehe alles vorbei ist. Ehe alle verschwunden sind. Ehe alles … Es würde doch gut werden, Mutter. Es würde doch noch gut werden. Für Vater. Für dich.»

Jetzt weinte sie. Keine stillen Tränen, sondern wie ein Kind. Sie schluchzte und schniefte. «Ich begreife nicht, warum es so enden muss! Warum durften wir es nicht einfach gut haben. Ein bisschen Ruhe. Es sollte ihm bessergehen! Es sollte ihm bessergehen dürfen! Und nun gibt es ihn nicht mehr.»

Sie lag jetzt bäuchlings auf dem Sofa, das Gesicht in den Armen vergraben. Ich schob mich zu ihr und strich ihr übers Haar.

«Weine nur», sagte ich. «Weine, mein Liebling. Was sonst sollst du tun. Weine. Weine.»

Ich spüre, wie ihre Spannung nachlässt. Wie sie ein bisschen das loslassen kann, was sie beschäftigt. Wie sich etwas in ihr öffnet. Ich streiche ihr weiter übers Haar.

«Mutter, ich begreife nicht, warum alles verschwindet. Warum alle verschwinden. Ich begreife es nicht. Wie geht man damit um? Es wird nichts mehr geben, Mutter. Es ist ein Gefühl, als hinge ich frei in der Luft. Ich begreife nicht, warum ständig alles verschwinden muss.»

Ich nehme meine Hand weg. Ich meine es nicht so, aber irgendwie kann ich die Hand nicht liegen lassen. Ich will, dass sie weinen wird. Ich will, dass sie trauern wird. Ich will, dass sie um mich trauern wird. Ich will nicht, dass sie sich selbst leidtut und um ihr eigenes Schicksal trauert. Sie bekommt die Früchte all unserer Anstrengungen, all unserer Verluste. Sie bekommt alles, worauf wir gehofft haben, und alles, was wir für gegeben nahmen. Freiheit. Möglichkeiten. Leben. Sie darf leben. Und dann liegt sie hier und tut sich selbst leid.

Alles verschwindet, will ich ihr sagen. Alle Welten. Alle Menschen. Du bist ein Kind des Kriegs, du bist Flüchtling. Wenn einer das wissen sollte, dann du. Glaubtest du, all das galt einer anderen? Glaubtest du, wir hätten das hinter uns gelassen? Man könne vor so etwas fliehen? Lies ein Geschichtsbuch! Nichts hat Bestand. Alles verschwindet, und die Welt wird eine andere – das ist es, wo du herkommst. Das ist das Blut, das in dir fließt. Es wird Generationen dauern, ehe es ausgetauscht ist. Generationen, ehe zig Jahre von Krieg, Revolte und Chaos durch den schwedischen Frieden ersetzt werden. Die schwedische Beständigkeit.

«So ist es», sage ich nur. Mein Ton ist hart, aber ich lasse ihn so. «Solange ich denken kann, ist alles verschwunden. Solange du lebst, wirst du dasselbe erleben.»

Aber als sie gegangen ist, stelle ich mich mit dem Artikel in der Hand ans Fenster. Er ist aus dem Internet. Sie hat ihn ausgedruckt und mitgebracht, für mich. Für sich, weil er für sie wichtig war. Sie wollte darüber sprechen, sie wollte in irgendeiner Form Trost von mir. Weil Kiarostami tot ist. Ich blicke auf das Papier in meiner Hand und das unscharfe Foto. Ich lese die Wörter. Sie sind auf Englisch, aber ich verstehe sie.

Ein Baum ist in der Erde verwurzelt. Wenn du ihn von einem Ort an einen anderen verpflanzt, wird er keine Frucht mehr tragen. Wenn ich mein Land verlassen hätte, würde ich wie der Baum sein.

Das trifft mich wie ein Faustschlag in den Bauch. Ich wusste es nicht. Ich hatte nicht verstanden, dass es so war. Dass es so werden würde. Dass so vieles verschwinden würde. Ich, die ich finde, sie sollte verstehen. Ich habe es sehr lange nicht getan. Gerade erst habe ich es verstanden.

ICH STAND HIER in meiner Wohnung am Fenster. Draußen war es dunkel und kalt. Vor dem Krebs. Vor all dem. Wenn ich bedenke, dass ich glaubte, unglücklich zu sein. Mit der Jacke über meiner Schulter hielt ich das Teeglas in der Hand und sah im Dunkeln meinen Atem aufsteigen. Jeden Atemzug, gleichmäßig. Neben mir auf der Fensterbank klingelte das Handy. Der Anruf kam von Aram, und ich beschloss, nicht abzunehmen. Um für mich zu sein. Wollte meinen Tee austrinken, eine Schlaftablette nehmen und mich dann hinlegen. In meiner eigenen Welt bleiben. Ich dachte auch, in der Tat, dass ich nicht antworten will. Manchmal denke ich das, wenn sie anruft, dass ich nicht abnehmen werde, ihr nicht die Befriedigung geben, es erledigt zu haben. Ich will, dass sie mehr an mich denkt. Ich will ihr für den Rest des Abends unter der Haut sein, sie soll sich fragen, wie es mir geht. Sie soll denken: *Ich muss Mutter noch mal anrufen.* Als sie das erste Mal anrief, nahm ich also nicht ab, aber sie rief wieder an. Ich blickte auf das Telefon und ließ es klingeln. Im letzten Moment ging ich dran. Ich hörte die U-Bahn und den Lärm.

«Ruf mich nicht an, wenn es so laut ist!» Das sagte ich als Erstes.

Sie war still. Ich glaube, sie wollte auflegen, als sie mich hörte. Meinen Ton hörte. Meine Worte hörte. Ich glaube, sie dachte, von mir wäre keine Hilfe zu erwarten.

«Hallo, hallo, bis du noch dran? Ich höre nichts.»

Sie beschloss, es doch zu versuchen. «Es ist etwas Schreckliches passiert, Mutter», sagte sie.

Ich weiß nicht, warum, aber das berührte mich nicht. Es hätte mich berühren sollen. Ich hätte unruhig werden, ich hätte mich erschrecken sollen. Ich hätte irgendeine Form von Reaktion zeigen sollen. Aber so war es nicht. Überhaupt nicht.

«Aha. Was denn.»

Ich hörte nur die U-Bahn in meinen Ohren dröhnen. Also machte ich weiter. «Wir hören morgen wieder voneinander. Ich rufe dich morgen an.»

Ich legte auf. Sah wieder hinaus in die Dunkelheit. Über den See, in den Wald. Was konnte schon so schrecklich sein, bestimmt war es nichts.

Ich hatte das Fenster geschlossen und war auf dem Weg zum Bett, da rief sie wieder an. Ich weiß, dass ich seufzte. Die Augen verdrehte. Aber ich nahm ab. Das tat ich. Ich hatte wohl vor, etwas zu sagen, das alles noch schlimmer gemacht hätte. Aber so weit kam ich nicht.

«Vater ist gestorben. Vater ist gestorben.»

Sie muss in einem stillen Tunnel gestanden haben. Es war, als gäben ihre Worte ein Echo. *Vater ist gestorben. Vater ist gestorben.* Ich weiß nicht, ob sie mehr sagte. Ich weiß nicht, ob ich noch etwas sagte. Ich erinnere mich nicht.

Ich weiß nur, dass ich dachte: Wir entkommen nicht. Wir entkommen nicht. Wir, die wir nicht sterben wollten. Wir, die einfach nicht sterben müssen wollten.

ICH WEISS, DASS sie im Zimmer ist. Ich weiß, dass sie mich gefunden hat, irgendein Nachbar hat sie angerufen und ihr gesagt, ihre Mutter sei vom Krankenwagen abgeholt worden. Sie hat bei allen Notaufnahmen angerufen und mich gefunden, und dann ist sie hergekommen. Ich schaffe es nicht, die Augen aufzumachen, aber ich spüre, dass sie am Fußende sitzt. Auf einem Hocker, vorgebeugt. Sie setzt sich nie auf diese gepolsterten Stühle mit Rückenlehne. Sie lehnt sich nie an. Nein, ich weiß, dass sie dort vorgebeugt sitzt und über mich wacht.

Ich höre die Vögel zwitschern. Spüre die warme Brise, die durch das offene Fenster kommt und meinen Körper streichelt. Ich weiß, dass sie in einem Shirt und weißer Hose und mit hohen Schuhen dort sitzt. Ich kann hören, wie sie mit den Absätzen auf den Boden klopft. Sie macht das leise, vorsichtig, aber sie kann es auch nicht lassen. Sie ist angespannt, ruhelos. Sie will nicht, dass ich noch länger lebe. Sie will, dass ich es schaffe und sterbe. Dann ist es vorbei. Dann hat die Quälerei ein Ende. Für mich und für sie.

Kann ich nicht einfach abtreten? Das wünsche ich auch. Der Körper ist betäubt. Ich versuche, mich zu bewegen, mich auf die Seite zu drehen, aber ich habe keine Kontrolle. Ich höre, dass sie aufsteht, der Metallschemel schabt über den Fußboden. Sie hat meinen Versuch, mich zu bewegen, bemerkt. Sie nimmt meine Hand.

«Mutter», sagt sie. «Mutter, ich bin hier. Ich bin hier, Mutter. Ich verlasse dich nicht.» Ihre Stimme zittert, bricht. «Mutter. Mutter. Mutter.»

Sie fällt neben dem Bett auf den Boden, hält meine Hand zwischen ihren Händen.

Sie beginnt zu singen, ganz leise. *Man o ba khodet bebar, man ba raftan hazeram.*

Das ist wieder Googoosh. Ich versuche, ihre Hand zu drücken, aber meine will nicht. Sie gehorcht mir nicht. Ausgestreckt und unbeweglich liegt sie in ihrer, schon tot.

Akhare shehreh safar, akhare omre mane. Lahzeye mordane man, lahzeye residane.

Ich will sie bitten aufzuhören. Nicht das. Sie wird nicht sterben, sie wird mir nirgendwohin folgen. Sie wird leben, richtig leben. Ich möchte, dass sie das versteht, dass alles verloren ist, wenn sie das nicht tut. Sie verstummt. Oder ich bin eingeschlafen.

Als ich die Augen öffne, trommelt der Regen an die Fensterscheibe. Es muss ein anderer Tag sein. Sie trägt einen großen Pulli, Turnschuhe. Sie ist nicht geschminkt, die Haare sind zu einem nachlässigen Knoten geschlungen.

«Warum siehst du so aus?», krächze ich. «Ziehst du dich für deine Mutter nicht ordentlich an?»

Sie lacht auf. Kurz. Wie man es tut, wenn etwas nicht amüsant war, es aber sonst nichts zu tun gibt. Sie klingelt nach der Krankenschwester und setzt sich.

«Wie fühlst du dich?»

Der Kloß in meinem Hals ist kurz vorm Explodieren. Ich will schreien. Schreien! Um Hilfe rufen. Den ausschimpfen, der mich hierhergebracht hat. Nur schreien. Aber mein Mund ist trocken, und ich schaffe es nicht. Ich schüttle nur den Kopf. Sie drückt meine Hand. Sieht weg, aus dem Fenster und zum trommelnden Regen.

Das ist die Chemotherapie. Die bringt mich um. Ich habe hohes Fieber und irgendeine Infektion. Das Antibiotikum wird intravenös in mein Blut gepumpt. Das Antibiotikum und Gott weiß was sonst noch. Ich bin mit lauter Schläuchen verbunden und weiß nichts. Kann nichts tun.

«Ich bin auch Krankenschwester», sage ich, als die Schwester hereinkommt, um meinen Blutdruck zu messen und meinen Puls zu kontrollieren. Ich will, dass sie, die Nadeln in meinen zerstochenen Arm bohrt, es weiß. Sie soll wissen, dass ich etwas davon verstehe, dass ich ebenbürtig bin. Nicht nur ein Opfer, eine Abgeschriebene in ihrer Obhut.

Sie lächelt. «Wunderbar!»

Das ist alles.

Pfeifend sammelt sie ihre Sachen zusammen. Schiebt ihren Wagen weiter und winkt. «Der Doktor kommt bald.»

Aram sieht ihr mit leerem Blick nach. Das wird dauern, denke ich, bevor sie wieder pfeift. Das wird dauern, ehe sich wieder etwas wunderbar anfühlt. Ich sinke, denke ich, und ich ziehe sie mit.

«Bestimmt hat sie ein Date», sage ich. Versuche, froh auszusehen.

Aram wirft mir einen hellwachen Blick zu. Es dauert einen Moment, aber dann lächelt sie zurück, und ich spüre, wie mein Lächeln echt wird.

«Vielleicht gibt es einen schicken Typ mit Prostatakrebs, der mit mir einen Kaffee trinken will.»

Aram lacht, und von ihrem Lachen kribbelt es in meinem Bauch.

«Auf dem Flur hab ich einen gesehen, der sah aus wie Mikael Persbrandt ... wie ein Persbrandt ohne Haare.» Sie blinzelt mir zu.

«Ach was, ich warte lieber auf den richtigen.»

Wir lächeln uns eine Weile an. Reglos, wortlos. Wie so ein paar Blödiane lächeln wir uns an, bis ich müde werde und mich abwende.

Als Christina hereinkommt, wirkt sie besorgt.

«Wir legen mit der Chemotherapie eine Pause ein», sagt sie.

«Was bedeutet das?», fragt Aram. «Was geben Sie stattdessen?»

«Nichts», antwortet sie. «Der Körper Ihrer Mutter wird damit jetzt nicht fertig.»

«Aber dann bekommt sie gar keine Medikamente? Heißt das, der Krebs darf weiterwachsen?»

«Das Risiko besteht», antwortet Christina. «Aber sonst macht ihr die Chemotherapie den Garaus. Tut mir leid.»

Sie geht. Inzwischen regnet es nicht nur, es schüttet. Beide schauen wir zum Fenster. Die Wut prallt gegen die Scheibe. Schlägt dagegen. Rinnt hinunter. Mit einem Stift in der Hand hat Aram sich an den kleinen Schreibtisch gesetzt. Sie ritzt etwas. Zeichnet, vermute ich, aber ich höre nur dieses Ritzen.

«Hör auf!», sage ich. Ich muss geschrien haben, denn sie sieht mich erstaunt an.

«Wenn es hier so langweilig ist, kannst du gerne gehen.»

Ihre tiefdunklen Augen. Wie ein Kind sieht sie mich an. Ein ängstliches, verletztes Kind. Mein Kind.

«Geh weg. Das ist am besten. Ich bin müde. Ich muss schlafen. Geh.»

Sie sitzt ganz still, wie festgefroren.

«Wir sehen uns morgen, wenn du Zeit hast. Es gibt nichts zu tun. Du hast es selbst gehört.»

Schnell sammelt Aram ihre Sachen zusammen. Sie hat sich wohl danach gesehnt, gehen zu dürfen, freigelassen zu werden.

«Hast du es eilig?», frage ich, und sie erstarrt.

«Mutter, willst du, dass ich bleibe? Ich bleibe so lange, wie du willst.»

Sie lügt, denke ich. *Denn dann würde sie niemals gehen.*

GEFÜHLT LAG ICH für den Rest meines Lebens dort im Krankenhaus. Ich hatte vierzig Grad Fieber, und niemand konnte es senken. Ich halluzinierte. Ich vermute, dass es das war. Halluzinationen. Was das auch sein mag. Halluzinieren wir nicht alle immerzu? Sehen die Welt durch unseren eigenen trüben Filter. Erleben wir jemals etwas, das echt ist? Das tatsächlich echt ist. Den Krebs. Ich vermute, dass er das ist. Aber gleichzeitig auch nicht. Warum habe ich mich überhaupt auf die Chemotherapie eingelassen? Weil sie sagten, du musst sterben. Warum habe ich da nicht einfach mein Geld genommen und bin losgezogen? Ich hätte weit kommen, in Luxus leben können. Ich hätte Aram mitnehmen können. Wir hätten nach Hawaii fahren können; auf weichen Sonnenliegen große Drinks zu uns nehmen und jeden Tag Massage bekommen. Wir hätten nach New York reisen und in einem Fünf-Sterne-Hotel residieren können. Wir hätte nach Las Vegas reisen und im Kasino spielen können. Wenn sich das Ende angekündigt hätte, dann hätte ich tschüss sagen können. Sie nach Hause schicken, mit Küsschen und Umarmungen und bei vollen Sinnen. Und dann hätte ich ein altes Cabriolet kaufen und damit nach Texas fahren können, hinaus in die Wüste. Am Ende hätte ich einen Berg gefunden und wäre hinaufgefahren. Ich hätte eine Flasche Cognac dabeigehabt und ein Päckchen Zigaretten, und ich hätte dagesessen und mit den Beinen gebaumelt und getrunken und geraucht und gesungen, und dann hätte ich mich ins Auto gesetzt, hätte das Gaspedal durchgedrückt und die Arme in die Luft geworfen und hätte geschrien und wäre gefahren. Geschrien und gefahren. Das Auto hätte abgehoben und wäre durch die Luft gesegelt, und ich wäre geflogen. Ich wäre schreiend geflogen und das Leben wäre schön wie nie gewesen, direkt bevor es zu Ende geht.

Das hätte ich tun können. Das Leben in vollen Zügen genießen. So heftig leben, dass ich zufrieden gewesen wäre. Fertig. Aber das habe ich verpasst.

Sie sagten: Sie haben Krebs und Sie werden sterben. Und ich entschied mich, gegen den Tod zu kämpfen, statt das Letzte aus dem Leben herauszuquetschen. Mir ist nicht recht klar, warum ich mich für diesen Weg entschied. Aber wenn ich noch einmal wählen dürfte, hätte ich mich wohl wieder so entschieden. Das sehe ich ein. Offenbar habe ich mehr Angst davor, dass ich sterbe, als davor, dass ich nicht richtig lebe. Ich denke, so war ich immer. So war ich in diesem Vernehmungsraum, als ich alles verriet, als ich eine Verräterin wurde. Und dass ich hier in diesem Krankenzimmer genauso eine bin. Weil ich mehr Angst vor dem Sterben habe als davor, in vollen Zügen zu leben. Wenn das keine Wahnvorstellung ist, weiß ich nicht, was eine Wahnvorstellung ist.

DIE INFEKTION IST abgeklungen, und ich werde bald entlassen. Ich will das nicht. Ich will nicht nach Hause fahren und allein sein. Ja, so einfach ist das. Im Krankenhaus fühle ich mich besser. Besser in der Gesellschaft sterbender Menschen und müder Schwestern als in meiner Wohnung. Und die Leute kommen einen im Krankenhaus besuchen. Wer im Krankenhaus liegt, den muss man besuchen, aber wenn ich zuhause bin, dann denken alle, jetzt kommt sie allein zurecht. Deshalb will ich bleiben. Ich habe Christina gesagt, dass ich mich noch nicht stark genug fühle. Sie setzte sich auf den Stuhl neben mich, das tun sie selten. Meistens stehen sie nur neben einem und schauen auf einen herab.

Sie nahm meine Hand und sprach mit weicher Stimme. «Das verstehe ich. Aber ich fürchte, so ist es jetzt. Sie werden sich nie mehr stark genug fühlen.»

Ich wollte meine Hand heben, mit sämtlichen Schläuchen und Nadeln darin, und ihr ins Gesicht schlagen. Ihr eine runterhauen, dass es scheppert und es ihr schwarz vor Augen wird. Wie kann man so etwas zu einem anderen Menschen sagen? Wie kann man einen anderen Menschen mit solchen Worten in die Welt hinausschicken? *Ich bin stärker, als du glaubst,* will ich ihr sagen. Aber das würde mir nicht helfen, denn dann würde sie mich in den nächsten Wagen des Fahrdienstes setzen und nach Hause bringen lassen. Und ich weiß auch nicht, ob es stimmt.

Ich habe das immer geglaubt, fand immer, ich sei stärker, als alle anderen denken. Aber langsam merke ich, dass es umgekehrt ist. Die Leute sehen in mir eine, die immer zurechtkommt. Aber sie täuschen sich. Ich habe solche Angst, ich habe solche Angst vor dem Tod. Habe mehr Angst denn je, mehr Angst, als ich je zu bekommen glaubte. Ich glaubte, er würde hart und schnell zuschlagen. Eine Kugel in den Kopf, ein Autounfall, ein Krachen und ein Schlag, und das war es. Darauf war ich vorbereitet, nicht auf das hier, auf dieses Warten. Das Warten. Seit der Diagnose ist ein Jahr vergangen, seit sie mir sagten, ich müsse sterben. Ein Jahr, und es kann noch einmal so lange dauern. Ein Jahr morgens mit dem Gedanken aufwachen: Ich muss sterben. An einem Tag wie diesem, einem Tag sehr bald schon muss ich sterben.

So hatte ich es mir nicht vorgestellt, das hatte ich mir nicht vom Leben erwartet. Dieses langgezogene Warten auf den Tod.

Wir werden ins Konzert gehen, hat Aram gesagt. Sie hat Eintrittskarten gekauft und geplant. Ich weiß nicht, warum, wie sie auf die Idee kam. Sie stellt sich vor, dass wir so etwas noch zusammen machen, ehe ich verschwinde. So etwas Schönes. Aber ich weiß nicht, ob ich es schaffe, ankämpfend gegen Tumor und Zytostatika. Ich weiß nicht, ob ich es will.

«Das schaffst du», sagt sie. «Du kannst mitkommen.»

Sie weiß, dass Christina mich entlassen wird. Sie freut sich darüber. Das bedeutet, es gibt Hoffnung, glaubt sie.

Was weiß du denn, will ich sagen. Was weiß denn einer von euch, was in mir vorgeht.

«Wir nehmen für den Weg ein Taxi. Und anschließend fahren wir mit dem Taxi zurück. Du brauchst nur ein paar Meter zu gehen. Das ist keine große Sache, das kannst du.»

Das kannst du, das kannst du. Als wäre ich eine Zweijährige, die auf dem Topf sitzen soll.

«Ich will nicht», sage ich. «Das ist mein letzter Abend im Krankenhaus. Ich will hierbleiben.»

«Aber das Konzert ist nun mal heute Abend. Genau heute Abend. Das lässt sich nicht ändern. Und wer weiß, ob ...»

«Wer weiß, ob was?» Ich werde böse auf sie. «Wer weiß, ob es mehr Gelegenheiten gibt? Wer weiß, ob ich morgen tot bin?»

Sie beißt sich auf die Unterlippe, wie sie es tut, wenn sie verletzt wird. Ich weiß das, auch wenn sie glaubt, sie verberge es. Ich sehe ihre Gefühle, wie ich in Winternächten den Mond am Himmel sehe. Ganz klar. Verbirg sie besser, will ich zu ihr sagen. Du machst es nicht gut genug. Ich will nicht alles sehen, was du fühlst, begreifst du das nicht? Ich fühle selbst mehr als genug. Und ich will nicht, dass du dastehst und mir mit deinen Blicken Scham und Schuld auferlegst. Bist du verletzt? Bist du das? Da scheiß ich drauf, denn ich muss sterben. Ich muss sterben, und du darfst leben. Verstehst du? Ich darf mit dir machen, was ich will.

«Geh jetzt!», sage ich nur. «Ich komme nicht mit.»

Sie lässt die angespannten Schultern sinken und geht hinaus. Ich umarme das türkisfarbene, gemusterte Kissen, das sie mir gekauft hat. Schließe die Augen, lasse den Stoff die Tränen aufnehmen.

Christina klopft an, steckt den Kopf herein. Zum zweiten Mal heute. Ich will nur meine Ruhe haben.

«Sind eure Ressourcen hier tatsächlich so umfangreich?», frage ich erstaunt. «Womit habe ich mir so viel Aufmerksamkeit verdient?»

Dann fällt mir ein, wo ich bin und was passiert, und ich setze mich im Bett auf.

«Haben Sie die Testergebnisse?»

Vielleicht erfahre ich heute Abend, dass tatsächlich Schluss ist. Vielleicht kann ich sie bitten, ein Gewehr zu heben und mir eine Kugel in den Kopf zu pusten. Wenn das Testergebnis schlecht genug ist, kann das kaum ein Verbrechen sein. Ich selbst würde das nie wagen, so viel weiß ich.

«Ich habe Ihre Tochter vor dem Aufzug getroffen», sagt sie. «Sie war aufgewühlt.»

Ich schlucke. «Über so etwas mit mir zu sprechen ist doch wohl nicht Ihr Job. Schicken Sie die Sozialarbeiterin.» Ich mache eine Pause. Presse die Lippen zusammen. «Schicken Sie die Sozialarbeiterin zu meiner Tochter», fahre ich fort.

Sie sieht mich streng an. Enttäuscht. Sie ist enttäuscht. Nicht von mir als Patientin, sondern von mir als Mutter.

«Nahid.»

Erstaunt registriere ich, dass sie meinen Namen kennt. Dass sie den Menschen in mir sieht und nicht nur einen Container für sich vermehrende Zellmassen und Gifte.

«Ich verstehe, dass es schmerzlich ist», sagt sie. «Ich verstehe, dass es sich ungerecht anfühlt. Ich verstehe, dass Sie böse sind. All das verstehe ich. Und ich habe nichts mit Ihren Entscheidungen zu tun, wie Sie entscheiden, Ihr Leben zu leben. Mein Job ist es, den Krebs zu bekämpfen. Und dafür zu sorgen, dass Sie so wenig Schmerzen wie möglich haben. Das ist alles. Deshalb sage ich nur dies: Ich empfehle Ihnen, es zu versuchen. Ich empfehle Ihnen zu versuchen, die Tage als sinnvoll zu erleben. Mit den Ihnen Nahestehenden Umgang zu pflegen. Unternehmen Sie Schönes. Als Ihre Ärztin empfehle ich Ihnen das, Nahid, denn dann verkraften Sie mehr. Verstehen Sie? Und das ist alles, was wir hier wollen. Erreichen, dass Sie mehr verkraften. Es länger verkraften.»

«Warum soll ich etwas verkraften?», antworte ich. «Wozu soll das gut sein? Dann habe ich ein paar Tage mehr, mehr zum Verkraften? Warum kann nicht einfach Schluss sein? Warum muss ich weitermachen? Ich muss sterben! Alle wissen, dass ich sterben muss. Warum soll ich weitermachen?»

«Nahid», sagt Christina. «Wir müssen alle sterben. Es kann gut sein, dass ich vor Ihnen sterbe. Verstehen Sie das? Ihre Tochter kann jederzeit sterben. Im Verkehr, aus irgendeinem unbekannten Grund. Wir wissen es nicht, wir wissen nichts. Aber wenn ihr etwas zustößt, dann werden Sie mit der Erinnerung an Ihre letzten Worte weiterleben müssen. Ich bin nur Ärztin, aber ich kann Ihnen versichern, das wird schlimmer sein als Krebs.»

Man würde sagen können, dass ich ein Egoist bin. Irgendwer würde zu mir sagen können: «Nahid, du bist selbstsüchtig.» Und ich würde diesen Menschen hassen. Ich würde weinen und ich würde schreien. Ich würde sagen: «Was weißt denn du? Was weißt du davon, was ich alles mitgemacht habe? Was weißt denn du, wie einsam ich gewesen bin? Was weißt denn du, wie egoistisch man mir gegenüber gewesen ist?» Das würde ich sagen, und dieser Mensch würde mich noch mehr ablehnen. Er würde sagen: «Du tust dir selbst leid. Du tust dir selbst leid, und das ist auch egoistisch. Warum bestrafst du Unschuldige für die Fehler, die andere an dir begangen haben? Begreifst du denn nicht, was du tust – dass du den Schmerz weiter durch die Zeiten schleppst? Begreifst du nicht, dass du damit den Schmerz am Leben hältst und dafür sorgst, dass er dich überleben wird? Willst du das? Willst du Schmerz hinterlassen, willst du, dass dein Kind deinen Schmerz erbt?» Ich würde diesen Menschen ansehen, würde ihm einen finsteren Blick zuwerfen. Meine Antwort würde kurz ausfallen.

«Warum sollte sie davonkommen?»

Ich wartete, bis Christina gegangen war. Dann richtete ich mich mühsam auf und reckte mich nach dem Telefon. *Ich komme*, schrieb ich. Und dann warf ich mich wieder auf den Rücken.

«Ich tue das für Aram», sagte ich laut zu mir selbst.

Aber so war es nicht. Ich tat es für mich. Weil die Ärztin recht hatte. Andere zu verletzen tut weh. Es tut weh, weil sie einem den Rücken zukehren. Das ist das Schlimmste: einsam zurückgelassen werden. Das will ich nicht. Ich will, dass sie zurückkommt, dass sie mir zur Seite steht. Deshalb tue ich dieses Mal, was sie will. Das Telefon piept. *Gut!*

Ich hole dich ab, schreibt sie. Sie kommt. Mehr brauche ich nicht, und mir fallen die Augen zu. Schlummere, statt zu kämpfen. Ruhe und überlasse meinen Körper aufs Neue dem Zugriff des Tumors.

Das ist wie eine Vergewaltigung, denke ich im Halbschlaf. Gezwungenermaßen etwas zu erdulden, wovor ich mich am meisten fürchtete: Etwas Unbekanntes und Unerwünschtes dringt in meinen Körper ein und nimmt ihn in Besitz. Hinterlässt ein Durcheinander, das sich nie mehr austreiben lässt. Ich habe den Kampf um meinen eigenen Körper verloren, denke ich. Denke, dass der Kampf vermutlich bereits verloren war, als ich geboren wurde. Noch ein Mädchen, noch eine Enttäuschung.

JETZT SITZEN WIR wieder zusammen in einem Auto. Sie hält meine Hand, und wir schauen aus dem Fenster, auf den Strandvägen und das Wasser. Ich hatte gehofft, dass es glitzern würde, aber das tut es nicht. Es ist dunkel und windig und grimmig.

«Es wird Regen geben», sage ich.

«Das macht nichts», antwortet sie.

Der Wagen fährt beim Cirkus vor, und dort sind so viele Menschen, dass ich nach Luft schnappe. Es ist lange her, seit ich so viel Vitalität gesehen habe.

Sie öffnet von außen meine Tür, aber ich zögere. «Ich weiß nicht, ob ich es schaffe.»

Sie nimmt meinen Arm und zieht mich. Vorsichtig, aber mit unerwarteter Kraft. Ich lasse mich ziehen, widerstrebend. Irgendwo schließen sich ihre Freunde an. Sie sehen mich voller Mitgefühl an und wenden den Blick ab. Keiner von ihnen weiß, was er zu mir sagen soll. Ich sinke in den weichen Sessel. Genau da beginnt die Musik, und mir ist, als würde ich von einem kreatürlichen Wesen umfangen, als würde ich in Wärme und Schönheit gebettet, in etwas so Weiches wie mütterliche Hände. Diese Musik. Die Töne haben etwas Persisches, und das Mädchen, das auf die Bühne steigt, hat etwas von einer kleinen Märchenfigur. *Laleh* heißt sie, das bedeutet Tulpe. Eine Frühlingstulpe im Wintersturm. Sie beginnt zu sprechen, und ihre Stimme prasselt wie weicher Sommerregen an mein Trommelfell, nimmt mich mit zu längst vergangenen Zeiten und Orten. Aram hält immer noch meine Hand, und zum ersten Mal spüre ich, das ist in Ordnung. Zu sterben ist in Ordnung. Eine Wärme erwartet mich. Vaters Wärme. Die Wärme, die in Masood lebte. In Noora. Ich spüre, dass Noora auf mich wartet. Ich sinke in den weichen Sessel und spüre, dass ich lächle. Spüre, dass ich Arams Hand drücke, zärtlich wie diese mütterliche Hand. Sie schaut mich an, und sogar im Dunkeln sehe ich das Erstaunen. Wie meine Zärtlichkeit sie erstaunt.

Ich weiß nicht, ob meine Wärme das Entscheidende war, oder ob Aram von der Dunkelheit in derselben Geborgenheit gewiegt wurde wie ich. Von dem Mädchen auf der Bühne. Ich hoffe, dass ich ihr etwas gab. Ihr zu trauern half. Aber es war wohl nur die Musik. Die Poesie. Sie ist mit Musik und Poesie aufgewachsen, meine Tochter. Die Musik und die Poesie gaben ihr Trost, gaben ihr Luft, nährten sie. Aber ich war es, die ihr die Musik schenkte, und darüber bin ich froh – dass ich ihr zumindest die Musik schenkte. Jetzt sang das Mädchen auf der Bühne. Ein Kind des Kriegs, wie meine Tochter. Ihre Worte verschafften Aram Luft. Sie sang von denen, die früh gehen, und von denen, die festhalten wollen, die nicht loslassen wollen. *Some die young,* sang sie, und Aram schrie auf. Ein stiller kleiner Schrei. Sie senkte den Kopf und zitterte, und ich wusste, dass sie weinte, meine Tochter, mein Baby. Sie wimmerte wie ein Baby. Sie weinte und zitterte und wimmerte wie ein Baby, und ich wusste, warum. Die sterben würde, das war ich. Die verlassen wurde, das war Aram. Ich wusste, dass ich mein Kind verlassen würde und dass sie ihre Mutter verlieren würde. Ich hielt ihre Hand ganz fest und lehnte mich im Sessel zurück. Wiegte mich. So war es. Ich würde sterben, und mein Kind würde seine Mutter verlieren. Einen Moment lang fühlte sich das gut an. Als wenn es so wäre, wie es sein sollte.

WIEDER IST SOMMER. Aus April wurde Mai und aus Mai wurde Juni, und wieder richten sie unten auf dem Rasen die Mittsommerstange auf, in geblümten Kleidern und mit fröhlichem Rufen. Ich lehne mich wie gewöhnlich aus dem Fenster, das Teeglas neben mir. Mein Spiegelbild verlangt Aufmerksamkeit, und ich schaue mich an. Schaue genau hin. Die Haare sind wieder da. Ich habe seit drei Monaten keine Chemotherapie bekommen, und die Tumore haben mich in Ruhe gelassen. Haben sich zurückgehalten. Ich bin gesund! Das sagte ich am Montag zu Christina, aber sie wollte nicht zustimmen.

«Wir werden sehen, Nahid.»

Ich beschloss, keine weiteren Fragen zu stellen.

«Danke», sagte ich stattdessen, und sie nickte mir zu. Lächelte vorsichtig.

«Ich wünsche Ihnen einen schönen Mittsommertag.»

«Den werde ich haben. Ich werde mit meiner Tochter und der Familie ihres Freundes feiern.» Ich zögerte. Aber dann sagte ich es. «Das ist eine Tradition.»

Dass es erst zum zweiten Mal war, sagte ich nicht, dann hätten wir nur wieder über Zeit gesprochen. Dass es das letzte Mal sein könnte, und konnte man es beim zweiten Mal schon Tradition nennen?

Ich habe ein neues Kleid gekauft, ein Kleid mit großen roten Blumen. Es hängt an der Badezimmertür, und im Flur steht ein Paar rote Sandalen. Ich freue mich darauf. Ich will Auto fahren, hinausfahren, über Seen, Brücken und Inseln. Durch all das Schöne. Ich will mir gute Erinnerungen schaffen. So viel Schönheit. Davon wird etwas Gutes in mir bleiben.

Als ich mich angezogen habe, stelle ich mich vor den Spiegel und nehme den Lippenstift. Ich male sorgfältig, langsam. Heute wird nichts danebengehen. Ich werde heute nicht die Kranke sein. Gerade heute bin ich nicht krank, gerade heute deutet alles darauf, dass ich leben darf. Ein Gefühl, als wäre ich neugeboren.

Ich spürte sofort, dass etwas anders war. Sie kamen mit dem Aufzug nach oben, alle beide, und klingelten. Sie hatte die Autoschlüssel in der Hand. Sie hielt sie und drehte und wendete sie und klimperte mit ihnen, und ich wollte ihr nicht sagen, sie solle aufhören, denn heute war ich nicht krank. Aber es irritierte mich so, dass ich am Ende schrie. «Hör auf damit!»

Betroffen ließ sie die Schlüssel fallen, und er sah mich finster an. Ich drehte ihnen den Rücken zu und ging in Richtung Aufzug. Hörte, dass sie nicht hinterherkamen, dass sie noch dort standen und flüsterten. Er tröstete sie. Sie ist krank, dachte ich. Heute bin ich gesund, und sie ist krank geworden. Bestimmt hat sie Krebs, das muss so sein. Sie hat von mir Krebs. Heute bin ich gesund, und sie muss sterben. Und wenn ich nun diejenige bin, die leben darf, und sie wird sterben, mich zurücklassen? Der Gedanke schreckte mich mehr als jeder bisherige Schrecken.

Wir saßen schweigend im Auto. Ich hatte mich darauf gefreut, dass wir alle unbekümmert und fröhlich sein würden. Ich versuchte, ihre Rücken zu deuten. Er schien zufrieden zu sein. Sie war angespannt. Ich wollte gern etwas sagen, etwas fragen. Mir wurde klar, dass ich das schon lange nicht mehr hatte tun müssen. Sie hatte die Fragen gestellt, und ich brauchte nichts weiter zu tun, als zu antworten. Sich Fragen zu überlegen ist schwer.

«Johan, wie läuft's auf der Arbeit?», hörte ich mich sagen.

An so eine Frage hatte ich eigentlich nicht gedacht, und ihn anzusprechen hatte ich auch nicht vorgehabt.

Er drehte sich um. Sah fröhlich aus. «Es geht prima, Nahid. Danke! Aber bald sind Ferien, das wird schön.»

Ihm fiel nichts weiter ein, und ich wandte mich ab und verdrehte die Augen. Dass man immer diese leeren Worte zueinander sagt, die überhaupt nichts bedeuten.

«Wie fühlst du dich? Ich habe gehört, dass es diese Wochen beim Arzt gut lief.»

Ich lächelte ihm zu und machte das Siegerzeichen. «Ich hab gewonnen! Der Krebs ist weg.»

Sie sieht mich im Rückspiegel an.

«Jedenfalls sind die Tumore weg, meine ich. Ich habe keine Geschwulste im Körper. Im Augenblick habe ich also keinen Krebs, und das ist doch immerhin etwas, Johan. Oder?»

Er streckte sich nach meiner Hand und drückte sie fest. «Das ist viel, Nahid.»

Er hatte Tränen in den Augen, und darauf war ich nicht vorbereitet. Ich war nicht darauf vorbereitet, dass es ihm etwas ausmachte, dass es ihm in der Form etwas ausmachte.

Sie räusperte sich, schaute mich wieder im Rückspiegel an. «Mutter, wir haben vor, bei Delselius anzuhalten. Auf einen Kaffee und ein Rosinenbrötchen. Ist das für dich okay?»

«Heute? Es ist doch Mittsommertag, haben die geöffnet?»

«Ja, ich habe angerufen und nachgefragt.»

Ich verstehe nicht, was daran so wichtig ist, keiner von uns isst solche Brötchen. Das sage ich, und sie lacht. «Nein, ich weiß. Ich habe einfach große Lust darauf. Und es ist lange her, nicht wahr? Wie lange mag das her sein? Fünfzehn Jahre?»

Ich nicke, denn so ist es. Es sind fünfzehn Jahre, seit wir die Wohnung in der Stadt gekauft haben und erstaunt heim nach Gustavsberg fuhren und uns in dieses Café setzten und Faschingssemmeln bestellten, denn es war Februar, und beinahe laut gelacht haben. Wohl keiner von uns hatte geglaubt, dass es tatsächlich passieren würde, aber wir hatten es getan. Ein neues Zuhause gekauft, eine andere Sorte Zuhause, und dann ließen wir alles hinter uns. Wir dachten wie alle, wenn sie fliehen, wenn sie umziehen, dass wir jetzt alles hinter uns lassen. So ist es natürlich nicht. Alles begleitet einen, egal, wie weit man fährt. Aber wir feierten, dass wir ein Stück weitergekommen waren, und wir waren glücklich.

Das will ich sagen. Fünfzehn Jahre ist es her, seit wir zusammen einen glücklichen Moment hatten. Aber das klang in meinem Kopf so unglaublich traurig, vor allem weil ich nicht sicher war, ob wir das noch einmal erleben würden. Bevor man wieder glücklich geworden ist, kann man nicht sagen, vor fünfzehn Jahren waren wir glücklich. Ich frage mich, ob das nicht die größte Qual ist. Sich an die Momente zu erinnern, als es besser war. Sich daran zu erinnern, dass es besser sein kann. Sich daran zu erinnern, dass das Glück so nahe liegt, dass es eigentlich zum Greifen nahe ist.

«Das wird prima», sage ich nur, und sie sieht erleichtert aus. Als hätte sie damit gerechnet, dass ich Schwierigkeiten mache.

Wir parken im Zentrum und steigen aus. Es wirkt verlassen. Nicht nur, weil Mittsommertag ist, sondern weil dort fast nichts mehr übrig ist. Eine Pizzeria, eine Konditorei, eine Videothek, obwohl es heutzutage so gut wie keine Videotheken mehr gibt. Das, wohin die Menschen heute fahren, hat hier keinen Platz. Rusta, Ica Maxi, McDonald's, die haben alle weiter draußen gebaut, dort, wo es früher nur Wald gab. Ich frage mich, warum man diesen alten Platz nicht abgerissen hat, etwas anderes daraus gemacht hat. Ich denke an die Zeit, als wir hier täglich unterwegs waren. Bei Domus einkauften, auf der Post die großen Pakete aus dem Iran abholten, im Folkets Hus ins Kino gingen. Als wir durch dieses Zentrum Schweden kennengelernt haben.

«Das ist eine Geisterstadt geworden», sage ich zu ihr, und sie nimmt meine Hand.

«Ich weiß. Das ist jetzt etwas ganz anderes. Aber das macht doch nichts, oder? Das berührt uns nicht.»

Ich merke, dass ich ihr zustimme. Das hat nichts mit uns zu tun. Wir sind hier nicht, wir haben das vor langer Zeit hinter uns gelassen. Dann merke ich, dass sie eigentlich etwas anderes meint. Nämlich dass es zu trivial ist, um uns zu berühren. Der Verlust eines Platzes berührt keinen, der nahestehende Menschen verloren hat. Berührt nicht jemanden, der sterben muss.

Ich senke den Kopf. Sage, dass es das doch tut, dass es mich berührt. Ein Ort, den man zurückließ, ein Ort, von dem man floh, der sollte einen nicht erreichen, aber er tut es dennoch. Alle Verluste erreichen einen. Wenn der Tod näher kommt, dann will man nicht wahrhaben, dass etwas verlorengeht.

Wir betreten das Café, und alles sieht aus wie früher. Die Glastheke mit den Smörgås-Torten und den langen belegten Broten und den Zimtschnecken und den Rosinenbrötchen. Hinter der Theke blonde Mädchen mit den gleichen karierten Schürzen. Roter Velours auf den Sesseln, noch immer der gleiche Stoff und die gleichen Sessel. Alles sieht abgewetzt aus, nicht so fein und einladend, wie wir es empfanden, als Aram klein war und wir nur Geld für einfache Brötchen hatten, und das nur selten.

Johan geht zur Theke, um zu bestellen, und sie führt mich zu einem großen Tisch am Fenster. Niemand sonst sitzt drinnen. Eine paar ältere Männer trinken draußen ihren Kaffee. Jemand kommt herein, um Torte für das Mittsommerfest zu kaufen. Im Café ist es etwas dunkel, und draußen scheint die Sonne, und ich verstehe immer noch nicht, warum wir angehalten haben. Sie setzt sich mir schräg gegenüber, und er nimmt neben ihr Platz. Auf dem Tablett liegen zwei Rosinenbrötchen und ein Makronentörtchen. Die Bedienung kommt mit unseren Kaffeetassen.

Ich schaue auf die Uhr an der Wand, so eine große gab es

in Arams Klassenzimmer. «Kommen wir nicht zu spät zu deinen Eltern?»

«Nein, keine Sorge.»

Johan wirft ihr einen Blick zu. Aram schüttelt vorsichtig den Kopf. Beugt sich vor und flüstert ihm etwas ins Ohr.

Er räuspert sich. «Nahid, wir wollen dir etwas erzählen.»

«Aha. Dann erzählt mal.» Mein Herz pocht, und ich spüre es. Es hat mit Leben und Tod zu tun. Sie ist krank, sie ist jetzt diejenige, die sterben wird.

Er sieht sie an, und sie schaut weg, und er räuspert sich wieder.

«Also Nahid, es ist so, dass du ...»

Sie erhebt sich abrupt, und erstaunt blickt er auf. Sie sieht aus, als wolle sie davonlaufen, und mir geht es genauso. Ich will nicht hier sein. Warum haben sie mich hierher zurückgebracht? Zu alten Erinnerungen und alten Enttäuschungen. Um neue hinzuzufügen?

Er nimmt ihre Hand und drückt sie fest. Sie steht noch immer neben ihm.

«Nahid, du wirst Großmutter.»

Mir wird fast schwarz vor Augen. Zuerst denke ich, ich habe mich verhört. Oder dass sie Witze machen, um die Stimmung aufzuheitern.

Ich blinzle. «Was hast du gesagt?»

Er zögert. Wirft ihr einen Blick zu, aber sie schaut weg. «Na ja, wir bekommen ein Kind. Du wirst Großmutter.»

Ich packe die Tischkante. «Oh», stöhne ich. «Oh, Gott.»

Ich versuche, auf die Beine zu kommen, um zu ihr zu gehen, aber ich kann nicht. Meine Beine zittern, und mir ist, als würde ich zusammenbrechen. Ich will etwas sagen. Etwas Ungezwungenes. Dieser Tag! So voller Leben. Aber ich kann nicht. Stattdessen lege ich den Kopf auf die Arme und schluchze. Die Tränen liegen wie ein Schleier vor meinen Augen, und ich verschwinde in mir. In meiner Krankheit und allen Kämpfen. Habe ich mich nicht genau danach gesehnt? Nach einem Zeichen, dass ich kein überflüssiger Mensch gewesen bin. Dass ich mehr bin als eine Verräterin. Mehr als ein Anlass für den Tod und das Unglück anderer. Ich denke an meine Mutter, die in ihrer kleinen Wohnung neben dem Telefon sitzt, ich denke daran, wie sie immer mit dem Schlimmsten rechnet. Wie sie da auf dem Teppich sitzt und die Haustür bewacht und über dem Telefon wacht, und wie sie manchmal aufsteht und zwischen den Gardinen nach draußen lugt. Ich habe dieses Gespräch nie geführt. Ich habe sie nie angerufen, um ihr zu sagen: «Mutter, ich habe Krebs, und ich werde sterben.» Und jetzt darf ich anrufen und stattdessen sagen: «Mutter, wir werden ein Kind bekommen!»

Ich schaue sie an. Sie hat sich wieder hingesetzt, und er hat den Arm um sie gelegt, und seine Augen sind gerötet, und sie zittert in seinen Armen.

«Ist das wahr?», frage ich. «Stimmt das?»

Sie schaut nicht auf. Sie weint an seiner Brust. Aber er nickt, nickt und lächelt.

Ich wische mir das Gesicht mit einer Serviette ab, kann aber nicht aufhören. Kann nicht aufhören. Ich, die sterben sollte. Ich, die sterben und auf immer verschwinden sollte. Jetzt darf ich das hier erleben.

«Danke», sage ich. «Danke.»

Sie will meinem Blick nicht begegnen, aber dazu sage ich nichts. Ich stelle mich hin und gehe zu ihr und schlinge die Arme um sie, und sie lässt die Schultern sinken, und ich spüre, wie sie an mir ruht, und ich drücke meine weiche Wange an ihre und sage wieder danke. Ich sage, ich bin für dich da. Ich werde für dich da sein. Da fängt sie wieder an zu weinen, und er schlingt die Arme um uns beide, und wir sitzen da wie ein Berg, wie ein Menschenberg. Eine andere Art Fleischberg. Sie, ich, er und das Kleine, das in ihr wächst.

Das Kleine. Das ist alles, was ich will. Wenn ich das bekomme, will ich nichts weiter haben.

«Ich werde die beste Großmutter von der Welt sein.»

Sie blickt auf, sieht mich direkt an. Ihre Augen sind voll Zweifel. Zweifel und dann das, was niemals verschwindet, der Splitter, der Funke, dieses naiv Kindliche. Ihre Hoffnung.

Ihre Hoffnung auf mich.

Wir fahren weiter, auf der Straße, die ich früher so oft gefahren bin. Wir kommen an Wäldern und Stränden vorbei. Wir fahren über die Djuröbrücke, und das Wasser glitzert so, dass es in meinem Kopf flimmert. So ein wunderschöner Ort, und heute bin ich ein Teil davon. Ein Teil des Lebens und der Schönheit. Heute werde ich nicht sterben. Heute werde ich Großmutter. Heute bin ich auf jede Weise unsterblich, in der man unsterblich sein kann. Es kribbelt im Bauch. Ich habe den Krebs bekämpft, und das ist meine Belohnung.

Ich denke an die großen Bäume draußen auf der Insel. Ich denke, dass mein Enkelkind nicht wie ich werden wird. Sie wird ein Kind von Wurzeln sein, nicht von Sand. Sie darf dort leben, wo sie geboren wird. Mit tief in die Erde reichenden Wurzeln. Ich denke, dass ich das geschaffen habe. Ich habe dafür gesorgt, dass meine Enkelin sowohl Freiheit wie Wurzeln haben kann. Meine Flucht hat das ermöglicht. Ich verschränke die Hände auf dem Schoß, lasse die Luft zwischen den Lippen entweichen und strecke den Rücken ein wenig. Aram sieht mich wieder durch den Rückspiegel an. Unsere Blicke treffen sich, und ich sehe, dass sie lächelt.

SEINE ELTERN WISSEN nichts von der Schwangerschaft, und wir erzählen es ihnen gemeinsam. Ich gehöre zu den Berichtenden, und das ist ein gutes Gefühl. Das hier ist mein Enkelkind. Sie haben bereits vier.

«Oh, wie schön», sagt seine Mutter. Das ist alles. So äußert sich wohl der Unterschied zwischen alles über den Tod wissen und ihn nie befürchtet haben. Die Größe des Lebens geht an einem vorbei.

Wir nehmen am Mittagstisch Platz. Es wird Wein eingeschenkt, und ich bitte darum, mein Glas zu füllen. Wir prosten uns zu, und ich trinke einen großen Schluck. Wir lachen, ich am lautesten. Aber bald möchte ich weggehen, zum Strand gehen und zum Wald und allein sein mit meinen Gedanken. Ich sage, ich müsse ruhen, und alle haben Verständnis. Ich ziehe meine Schuhe aus und stelle sie auf den Steg. Ich will Sand und Steine unter den Füßen spüren. Ich gehe hinunter zum Strand und setze mich, schlinge die Arme um die Beine. Dort steht eine Rutsche, daran habe ich letztes Jahr nicht gedacht. In einem Korb unter dem Steg liegt Plastikspielzeug, ein Lastwagen schaut über den Rand. Ich werde Eimer und Schaufel kaufen, denke ich. Eimer und Schaufel für sie, denn ich weiß, dass es ein Mädchen ist. Ein Mädchen, das Nooras Platz einnehmen wird. Ein Mädchen, das die Leerstelle ausfüllen wird.

Als ich beim Abdecken des Tischs helfe, sehe ich es. Mit

einem Tablett in der Hand folge ich dem Pfad zwischen den stattlichen Bäumen. Strenge mich an, um gesund und nützlich zu sein. Um nicht sagen zu müssen, ich schaffe es nicht, um nicht alles fallen zu lassen, so dass die Weingläser auf den Steinen zerbrechen. Ich richte den Blick auf das Tablett, aber aus dem Augenwinkel fällt mir auf, dass etwas falsch ist. Ich schaue nach. Die Wurzeln sind weg. Ich drehe mich um, schaue zur anderen Seite. Sie sind weg, völlig verschwunden. Kleine Holzstücke in der Erde bezeugen, dass es sie dort gab, aber dass man sie herausgerissen hat. Ich stelle das Tablett ab, gehe in die Hocke und fühle nach. Nichts als Erde. Ich höre hinter mir Schritte. Seine Mutter spricht mich an. Fragt, ob alles in Ordnung sei.

«Die Wurzeln sind weg. Die dort waren?» Das ist eine Frage, weil ich denke, dass sie die vielleicht irgendwie anderswohin gebracht hat, dass es sie noch gibt, nur nicht genau hier.

«Ja, ist das nicht schön?», antwortet sie. «Im Frühling haben wir sie ausgraben lassen. Das war viel Arbeit, die sitzen ja sehr fest. Aber ist das nicht gut geworden?»

Ich muss verständnislos ausgesehen haben, denn sie bleibt stehen.

«Ja, und außerdem wollten wir doch nicht, dass die Enkel darüber stolpern.»

Ich weiß nicht, was ich zu ihr sagen soll, und sie glaubt wohl, mein Schweigen habe in irgendeiner Form mit meiner Gesundheit zu tun. Ich würde dort auf der Erde hocken, weil ich krank bin.

«Lass das Tablett liegen, ich bitte Nils, es zu holen», sagt sie und geht an mir vorbei zum Haus.

Ich sehe ihr nach, bis die rote Tür hinter ihr zufällt. Dann grabe ich mit den Fingern in der Erde, grabe, so tief ich komme. Es muss sie dort geben, irgendwo unter der Oberfläche. Wurzeln kann man doch wohl nicht herausziehen, die können doch nicht verschwinden. Aber mit meinen Fingern erreiche ich sie nicht.

ARAMS GRÖSSER WERDENDER Bauch ist das Schönste, was ich in meinem Leben gesehen habe. Ich bitte sie immer, sich neben mich aufs Sofa zu setzen, damit ich fühlen kann. Manchmal gehe ich zu ihr, wenn sie Tee kocht oder abwäscht, und hebe ihren Pullover an. Lege meine kalten Hände auf ihre Haut. Das mag sie nicht, ich sehe es in ihren Augen. Ein wachsamer Blick. Ich verstehe sie. Sie will ihr Kind schützen. Sie will ihr Kind vor mir schützen.

Ich denke, es ist gut, dass sie es schützen will, denn das ist schwer. Schützen ist schwer, und manchmal ist es auch schwer, das zu wollen. So ist es wirklich. Manchmal hat man das Gefühl, dass man selbst mehr Schutz braucht, dass das Kind mit mehr fertig wird als man selbst. Ich kann mir wünschen, dass es nicht so war, dass ich aus einem anderen Zusammenhang komme, dass ich selbst besser zurechtkam. Aber so ist es nun mal nicht.

Ich betrachte sie insgeheim, starre, versuche zu sehen, ob auch sie verletzt ist. Ob sie so verletzt ist wie ich. So verletzt, dass sie zu schützen vergisst, dass sie es unterlässt. Ich will sie fragen, was sie selbst glaubt, ob sie glaubt, dass sie wird wie ich.

Aber wie frage ich das, ohne ein Gespräch zu beginnen, das ich auf keinen Fall führen will? Nein, ich habe nicht vor, mit ihr über das zu sprechen, was war. Dazu habe ich mich entschieden. Manchmal habe ich gespürt, dass sie das Gespräch gewollt hat, dass sie es aufgreifen wollte. Gewollt, dass ich etwas sage, dass ich etwas erkläre, vielleicht verzeihe. Aber dann erwähne ich schnell etwas, das sie auf andere Gedanken bringt, etwas, woraufhin sie versteht, dass ich nicht sprechen werde und dass ich nicht die Person bin, von der Trost zu erwarten ist. Das bin ich nie gewesen, und ich werde nicht meine letzten Monate dem Trösten widmen. Ich, die Anwendungen und Übelkeit und Atemnot durchgemacht habe und wehrlos herumgelegen, damit der Tod mich einsammeln kann.

Deshalb rufe ich sie eines Tages an, an ihrem Arbeitsplatz. Sie hat nicht wirklich Zeit, aber ich sage, es sei wichtig, und sie geht hinaus auf die Straße und hört zu.

«Kannst du eine gute Mutter sein?», frage ich.

Sie schweigt.

«Wirst du eine gute Mutter sein?»

«Ich verstehe dich nicht», antwortet sie. «Was meinst du damit?»

«Ich bin nicht sicher, ob du das bewältigst! Du bist für eine Geburt nicht stark genug. Und es ist schwer, sich um ein Kind zu kümmern. Wirst du das bewältigen?»

Sie holt Luft, mir ist, als könne ich jedes Molekül hören, das gegen ihren Rachen prallt und in ihren Körper fällt. Dann atmet sie aus. Schwer.

«Mutter. Ich werde jetzt auflegen. Sei so lieb und rufe nicht zurück, ruf mich heute nicht mehr an.» Sie legt auf. Ehe ich noch mehr sagen kann. Ich starre auf mein Handy, bekomme einen dicken Hals, und die Brust will mir förmlich bersten. Ich hasse sie! Wegen ihr fühle ich mich jetzt einsam. Verlassen und ohne Bedeutung. In diesem Augenblick hasse ich sie.

Ich schreibe: *Wie kannst du so zu mir sein. Ich bin krank!*

Darauf kommt keine Antwort.

ICH KLINGLE AN ihrer Tür. Es ist Samstagvormittag, und sie weiß nicht, dass ich es bin. Ich weiß nicht, was sie sagen wird, aber ich musste kommen. Konnte nicht anrufen und riskieren, dass sie nicht abnimmt.

Es dauert, ehe jemand öffnet. Erst ist es vollkommen still, deshalb klingle ich noch einmal. Dann höre ich, dass sich jemand bewegt, langsam bewegt. Ich bin nicht sicher, ob sie auf dem Weg zur Tür ist, deshalb klingle ich wieder. Erst da fällt mir ein, dass sie auf diese Weise von Masoods Tod erfahren hat. Die Polizisten klingelten an ihrer Tür, und da sie nicht sofort öffnete, klingelten sie immer wieder. Ich denke, das ist jetzt wieder so und offenbar ihr Los im Leben. Der Tod, der an der Tür klingelt. So wie es unser Los war, Rozbeh zusammenbrechen und vor uns auf der Erde verbluten zu sehen. Wie es unser Los war, dass Noora niemals nach Hause kam. Ich denke, dass ihr Leben eine Wiederholung meines Lebens sein wird, das ist das einzig Mögliche. Das einzig Gerechte. Deshalb klingle ich ein weiteres Mal.

Als sie aufmacht, wirkt sie gequält. «Mutter. Was ist los?»

Es fällt ihr schwer zu sprechen, und nach der Art zu urteilen, wie sie sich bewegt, hat sie Schmerzen.

Ich trete ein und lege ihr die Hand auf den Arm. «Wie geht es dir, Kleines? Was ist los?»

«Ich weiß es nicht.» Sie lehnt sich an die Wand und beugt den Oberkörper vor. «Irgendetwas stimmt nicht.»

Sie hebt die Hand an den Bauch, und ich lasse die Tasche auf den Boden fallen. Bei dem Knall zucken wir beide zusammen.

«Nein, nein», rufe ich. «Das darf nicht sein.»

«Mutter, bitte. Sei so lieb und setz dich. Ich werde Johan anrufen.»

«Ich rufe einen Krankenwagen», sage ich. «Ich rufe einen Krankenwagen!»

Das darf nicht sein. So habe ich das nicht gemeint, als ich sagte, das sei unser Los. Ihr Los. Unser Los. Wir brauchen dieses Kind. Wir verdienen das Kind. Dieses Kind soll doch unser Trost werden. Ich sinke schwer atmend in den Sessel auf dem Flur, versuche, Luft zu bekommen. Ich höre, wie sie telefoniert, leise. Dann wieder in einem bestimmteren Tonfall. Sie bekommt es hin, denke ich, sie kann das hinbekommen.

«Mutter, möchtest du mitkommen?»

«Wohin?»

«Ins Krankenhaus.»

Sie sieht mich noch einmal extra an. Zweifelnd. «Mutter, schaffst du das?»

Ich weiß es nicht. Ich weiß nicht, ob ich es schaffe. «Nicht, wenn etwas schiefgeht.»

Sie lacht auf. Ein höhnisches Lachen. «Dann ist es am besten, du bleibst.»

Jetzt hat sie sich angezogen, und die Wohnungstür steht offen.

«Ich muss gehen.» Sie sieht mich nicht an. Geht. Schiebt die Tür zu.

Ich sitze noch immer und sehe auf meine zitternden Hände. Denke, dass jetzt wieder alles zum Teufel geht. Dass ich wünschte, wir hätten etwas länger froh sein dürfen. Dass es mehr Freude hätte geben dürfen. Ich frage mich, ob die schönen Erinnerungen vom Mittsommertag immer noch schön sind, wenn wir das nächste Mal über die Brücke fahren. Oder ob die schönen Augenblicke nur gelten, wenn sich nichts verändert. Ob die Schönheit Bestand haben darf, ungestört.

Ich höre ein Auto vorfahren, und ich denke an sie, wie sie dort auf der Straße steht. Wie sie trotz all des Hässlichen nicht das Versuchen aufgegeben hat. Ich komme auf die Beine und laufe hinaus und werfe die Tür zu und renne zum Taxi. Das will gerade anfahren, als ich die Tür aufreiße und einsteige. Sie schaut vom Telefon auf, erstaunt.

«Ich bin da», sage ich.

Sie nickt, wendet sich ab. Nach einer Weile greift sie nach meiner Hand, und die verbleibende Strecke halten wir uns an der Hand. Im Auto ist es still, und ich denke, hier sitzen wir wieder. Sie und ich in einem Auto, und versuchen, etwas Schönes zu schaffen.

Als wir ankommen, nehmen sie uns sofort dran. Ich hatte mich darauf eingestimmt, Ärger zu machen, aber das ist hier nicht nötig. Sie nehmen Babys offenbar ernst. Neue Leben sind wichtiger als die fast vergangenen.

Sie bittet mich, im Warteraum Platz zu nehmen. Ich verstehe es nicht und protestiere, aber angesichts ihrer Miene schweige ich. Sie vertraut mir eben nicht. Sie geht mit der

Krankenschwester in einen Raum, und alles ist still. Lange ist alles still. Ich halte die Handtasche auf dem Schoß, drücke sie. Frage mich, wo Johan ist, aber bin froh, dass wir allein sind. Ich bin hier und helfe ihr. Ich denke, dass ich helfen werde! Ich werde nicht ohnmächtig hier sitzen.

«Entschuldigen Sie», sage ich zu einem Vorbeigehenden. «Gibt es hier eine Cafeteria?»

«Folgen Sie mir», sagt die Person und bringt mich zum Kiosk.

Ich bin auf unbeschreibliche Weise erleichtert. Als gäbe mir das Geschäft die Möglichkeit, die zu sein, die ich sein will. Die etwas tut. Die hilft. Ich nehme einen Korb und fange an einzupacken. Karottensaft, damit sie ein bisschen Energie bekommt. Ich nehme zwei. Ein kleine Tüte Chips. Ich stehe vor den Zeitungen, aber ich weiß nicht, welche sie mag. Ich versuche, mich zu erinnern. Wünsche, ich wüsste es, weil sie es weiß. Weil sie weiß, was ich haben will. Am Ende beschließe ich, überhaupt nichts zu kaufen. Das ist besser, als sie enttäuscht zu sehen.

Jetzt weiß ich nicht, was ich tun soll. Ich werfe einen Blick auf die Eimer mit den Blumen und erinnere mich an den Tag im Krankenhaus, als ich sie bat, den hässlichen Strauß mitzunehmen. Ich wende mich ab. Und da sehe ich das Gestell, an dem kleine Teddybären und Giraffen und Kuscheldecken und so etwas hängen, gedacht für den Moment, wenn alles gutgegangen ist. Ich strecke die Hand aus nach einer Maus, eine blaue Maus aus weichem Stoff, die an einer kleinen Schmusedecke hängt. Ich hebe sie hoch, und mir kommen die Tränen, und ich will aufgeben. Ich will in die Radiologische Klinik gehen und um ein Zimmer bitten und sagen, dass man dorthin wohl zum Sterben kommt. Aber ich lege die Maus in den Korb. Ich gehe zur Kasse. Ich fahre mit dem Aufzug zur Entbindungsstation. Ich benehme mich, wie man es soll, wenigstens einmal.

Als ich oben bin, kommt eine Schwester auf mich zu. Ich schlucke schwer, denke, dass ich es jetzt tun muss. Jetzt muss ich zeigen, dass ich Mutter bin, Krankenschwester bin. Ich muss ihnen zeigen, wer ich bin. Aber ich stehe einfach nur da.

«Ihre Tochter möchte gern, dass Sie zu ihr kommen.»

Ich nicke. «Wie ... Was? Wissen Sie etwas?»

Ich glaube nicht, dass sie mich hört. Oder sie will nicht antworten. Ich drücke die Maus, sie liegt in meiner Jackentasche. Ich dachte, dass ich ihr die Maus nicht in einer Tüte geben könnte, falls. Falls.

Die Krankenschwester geht vor und klopft vorsichtig an, ehe sie die Tür öffnet. Ich kämpfe, um den Kloß im Hals unten zu halten, um nicht zu zerbrechen. Dort drinnen sitzt Aram, zurückgelehnt auf einer erhöhten Liege. Ihr Bauch ist unverhüllt, und daran sind kleine Elektroden befestigt. Sie hat sich abgewendet, also wende ich mich auch ab. Versuche, die Panik zu unterdrücken.

«Mama», sagt sie weich. Der Ton überrascht mich. Ich weiß nicht, ob ich den schon einmal gehört habe. Das ist ihr Mutter-Ton, kann ich noch denken. Sie klingt so, weil sie Mutter ist.

«Mutter, schau mal.» Sie dreht sich zu mir, und ich gehe auf sie zu. Ich will keine Kabel und Maschinen sehen, deshalb schaue ich ihr ins Gesicht und sehe, dass sie froh ist. Ich will wieder atmen, wage es aber nicht.

«Mutter, hörst du es?» Ich verstehe nicht, was sie meint, aber als ich darauf achte, höre ich ein regelmäßiges, schnelles Klopfen. Bum, bum, bum.

«Das ist der Puls. Das Herz. Schau, dort.»

Ich blicke auf den Monitor und sehe ihn. Den Herzschlag. Die schnelle Folge der Herzschläge. Ich glaube nicht, dass ich es sofort begreife. Ich schaue nur.

«Das ist sie», sagt Aram. «Es geht ihr gut.»

In meinem Bauch platzt etwas und schießt hoch durch meinen Rachen. Ich greife nach dem Bett. Versuche, durch die Tränen zu sehen.

«Das ist sie. Es geht ihr gut», wiederhole ich. «Es geht ihr gut.»

Ich klettere auf die Pritsche, und wir liegen nebeneinander und schauen. Sehen, wie die Wellen über den Bildschirm strömen. Lange liegen wir so, warten auf die Testergebnisse, warten, wieder nach Hause fahren zu können. Ich denke nicht daran, dass wir warten. Ich denke wohl an nichts. Ich schaue nur, höre.

Erst als wir unsere Mäntel und Jacken anziehen, erinnere ich mich wieder. Erinnere mich, warum ich bei ihr klingelte. Der Krebs. Der Krebs ist zurück. Überall Metastasen. Im Bauch und in der Lunge und in der Leber.

Ich werfe verstohlen einen Blick auf sie. Sie sieht so erleichtert aus. So erfüllt. Sie denkt nicht daran, dass meine Schritte an Kraft verlieren. Da finde ich, dass ich ihr diesen Tag schenken will. Diesen Tag für das Leben.

ICH HABE ES mir mit Kissen und Decke auf dem Sofa bequem gemacht. Ich habe es sogar geschafft, mir Tee zu kochen. Alles ganz allein, denn niemand weiß, dass ich erneut in Behandlung bin. Nie hätte ich geglaubt, so etwas für mich behalten zu können. Aber das, was an dem Tag geschah, als wir zum Krankenhaus fuhren, hatte mich erschreckt. Dieses kleine Leben dort in ihrem Bauch, das wartet. Ich muss sie schützen. Wenn ich jemals in meinem Leben etwas schütze, dann ist es das Baby.

Als Aram geboren werden sollte, dachte ich, dass sie Noora ersetzen könnte – dass sie anstelle von Noora käme. Ich dachte, dass sie geborgen aufwachsen, dass nichts ihr schaden sollte. Aber das war zu früh. Wir befanden uns noch mitten im Albtraum. Schmerz und Trauer ließen sich nicht abwehren. Sie wurde Teil des Geschehens, der Verfolgung, des Kriegs, der Flucht. Aber jetzt: ein Leben, das frei sein darf von dem Bösen, ein Leben, das meins ersetzt, das Nooras ersetzt, das in vieler Hinsicht sogar Arams ersetzt. Das ist unsere Chance, und ich habe nicht vor, etwas zu stören. Ich fahre zu meinen Behandlungen, und ich übergebe mich in aller Stille. Ewig wird es sich nicht geheim halten lassen, aber so lange es funktioniert, so lange ich kann, so lange werde ich sie schützen.

Ich ziehe mir die Decke über die Beine und nehme den Telefonhörer. Die Nummer meiner Mutter ist als Kurzwahl gespeichert. Ich werde anrufen und ihr erzählen, dass ein Mädchen auf die Welt kommen wird. Unser Mädchen. Wir werden vier Generationen von Frauen gleichzeitig auf der Erde sein. Ich denke, damit zahle ich ihr auf meine Weise zurück, was ich ihr genommen habe.

Es dauert, bis jemand abnimmt. Ich warte. Denke, dass sie Zeit braucht, um sich in der kleinen Wohnung zu bewegen, und dass ich nicht auflegen werde, um ihr die Enttäuschung zu ersparen, nicht rechtzeitig ans Telefon gekommen zu sein. Schließlich, nachdem es vielleicht zwanzigmal geklingelt hat, höre ich eine fremde Stimme. Das ist die Nachbarin. Wir tauschen ein paar Höflichkeitsfloskeln aus, dann frage ich endlich, ob Mutter zuhause ist.

«*Ey vay*, niemand hat erzählt. *Khanom* musste mit dem Rettungswagen ins Krankenhaus fahren!»

«Warum das?»

Ich höre, dass meine Stimme hart geworden ist, und denke, das ist doch nicht der Fehler dieser Frau, aber so fühlt es sich an. Wir werden vier Generationen hier auf der Erde sein! Sie wird eine neue Noora bekommen, ich werde ihr eine neue Noora geben!

«Am besten rufen Sie dort an», sagt die Nachbarin und gibt mir eine Nummer. Schweigend schreibe ich sie auf. Lege auf, ohne mich zu bedanken.

Ich rufe meine Schwestern an, aber niemand geht dran. Ich fange wieder von vorn an, rufe jede Einzelne noch einmal an. Am Ende antwortet Maryam.

«Maryam, was ist los?»

«*Aziz*, nichts», sagt sie. Dann ist sie still.

«Ich weiß, dass Mutter im Krankenhaus ist. Ich weiß, dass niemand abhebt, wenn ich anrufe. Also ist doch etwas, sag es mir!»

«Mach dir keine Gedanken», sagt sie. «Konzentrier du dich darauf, gesund zu bleiben. Wir kümmern uns hier um alles.»

Nein, nein. Nicht jetzt, bitte, nicht jetzt. Ich nehme ein Kissen und schreie ins Kissen.

«Maryam, ich will mit meiner Mutter sprechen. Ich muss unbedingt mit meiner Mutter sprechen. Wo ist sie?»

Ich höre, dass sie flüstert, mit jemandem spricht. Ich höre, dass sie überlegen, wie sie mit mir verfahren, was sie mir sagen sollen.

«Maryam», rufe ich. «Wo ist meine Mutter?»

«Ganz ruhig. Keine Sorge.» Sie macht eine Pause. «Mutter hatte einen Schlaganfall. Sie … sie ist bewusstlos. Wir wissen nicht, ob sie wieder zu sich kommt.»

«Doch, doch, sie wird wieder aufwachen. Ihr müsst sie wecken, Maryam. Ich habe Neuigkeiten: Arams Kind ist ein Mädchen. Das muss ich ihr erzählen.»

Sie schweigt, meine starke Schwester schweigt. Ich höre, wie sie sich bemüht, ihren Atem zu kontrollieren, ruhig zu bleiben. Wie sie sich zu schützen bemüht, das gelingt ihr allerdings nie. Keinem von ihnen ist es je gelungen, und jetzt wird Mutter sterben, und niemand hilft mir. Sie müssen mir helfen und sie aufwecken!

«Maryam, ihr müsst sie dazu bekommen, aufzuwachen. Hörst du mich? Ich muss mit ihr sprechen. Ich brauche das, Maryam, du verstehst es nicht.»

«Ich rufe dich später an, *aziz*», sagt sie und legt auf. Das war es.

Ich sinke auf dem Sofa zurück, zwischen meine Kissen, ziehe die Beine an und wimmere.

«Mamma, Mamma ...»

Mich hin und her wiegend, versuche ich zur Ruhe zu kommen. Mein Blick bleibt am Spuckeimer hängen, den ich neben das Sofa gestellt habe. An den halb ausgetrunkenen Ersatzmahlzeiten auf dem Teppich. Ich bin einsam. Ich bin so unerträglich einsam. Die Einsamkeit lastet schwer auf meinem Körper. Der ganze Körper ist schwer. Ich will den Arm heben, will die Feuchtigkeit von meinen Wangen wischen, aber er hängt schlaff an meiner Seite. Ich kann ihn nicht bewegen. Plötzlich dreht sich der Raum, und mir flimmert es vor den Augen. Das ist wie ein sich immer schneller drehendes Karussell. Ich will absteigen! Ich will absteigen, aber ich kann es nicht.

AN DEM ABEND, als Masood nach Hause kam und sagte, Saber sei tot, starb die Hoffnung. Die Hoffnung, weitermachen zu können. Als Masood meine Tochter hochhob, mein Geschöpf, auf den Arm nahm und anfing, mich zu schlagen. Die Hoffnung, aus Schmerz etwas anderes schaffen zu können als Schmerz. Wir konnten nicht bleiben. Wir konnten uns selbst nicht schützen, und wir konnten unser Kind nicht schützen.

Als er fertig war, ging er rückwärts, immer noch mit Aram auf dem Arm. Sie schrie so laut, dass ich dachte, jetzt kommen sie, jederzeit können sie da sein. In einem Haus, in dem ein Kind so schreit, kann es nur Kriminelle geben. Dort kann es nur solche geben, die hingerichtet werden müssen. Er ging rückwärts, bis er an die Wand stieß. Dort sank er zu Boden. Ich glaubte, er würde sie fallen lassen, denn alles geschah mit einer solchen Wucht, aber das tat er nicht. Er hielt sie sehr fest. Das beruhigte mich. Merkwürdigerweise konnte ich in dem Chaos ruhig werden. Ich dachte, er hat sie. Er wird sie nicht schlagen oder treten. Und selbst wenn ich mich nie mehr vom Teppich aufrappeln kann, so hat er sie. Er wird sie nicht fallen lassen. In diesem Moment kümmerte mich nichts sonst.

Er trat mich genauso, wie Maryam bei diesem ersten Mal getreten worden war. Ich dachte daran, als ich dort lag, dass es jetzt wieder geschieht, die gleiche Geschichte passiert wieder. Und wenn etwas wieder geschieht, denkt man, es soll wohl so sein. Vielleicht war es ja immer so gemeint.

In dieser Haltung erstarrten wir. Er an der Wand, Aram auf seinem Arm, den Kopf seiner Achselhöhle zugewandt und den kleinen Popo in meine Richtung. Und ich dort auf dem Teppich. Ich glaube, das war der Schock, der uns erfasste. Ich will das glauben, dass es der Schock war, der uns zu Menschen machte, die aufeinander einschlugen, Menschen, die zu etwas anderem wurden und die niemals wieder zu dem zurückfanden, was wir wirklich waren, was wir hätten werden können. Wir erstarrten, und es dauerte lange, ehe wir uns bewegten. Aram verstummte irgendwann, schlief ein. Ich weiß, dass ich dort lag und dachte, wir hätten den falschen Weg eingeschlagen. Ich weiß, dass ich das schon damals dachte. Wir konnten es uns nicht leisten, still dort zu liegen. Wir mussten weg, wir mussten andere warnen, wir mussten ein neues Versteck finden.

Gegen Morgen erwachten wir. Aram wimmerte, und darauf reagierten unsere Körper. Wir sahen uns nicht an. Ich glaube, wir schämten uns, beide schämten wir uns. Ich glaube, dass ich damals dachte, Grund zur Scham zu haben. Scham, dass ich der Typ Frau war, die von ihrem Mann getreten wird. Scham auf das, was ich war, und Scham darüber, wen ich gewählt hatte. So standen wir wortlos auf und sammelten unsere Habseligkeiten zusammen. Viel war es nicht. Etwas Kleidung. Zwei Decken. Teile von unserem Hochzeitsservice. Das meiste hatten wir bei Masoods Vater gelassen. Solange es nötig ist, hatten wir gedacht. Nur bis das vorbei ist. Bis sich alles wieder beruhigt hat. Aber an diesem Morgen, als wir die Scherben unseres Lebens einsammelten und sie in unsere kleinen Koffer warfen, wussten wir, dass das nicht passieren würde. Dass es nicht vorüber sein würde, dass es sich nie beruhigen würde. Unsere Sachen, die Habseligkeiten, die zusammen ein Zuhause hätten aufbauen können, ein Leben, die würden in irgendeinem Abstellraum zurückbleiben. Bald würde jemand dort hingehen, denken, die Kommode kann ich ausleihen oder dieses Kleidchen kann ich für meine neugeborene Tochter mitnehmen. Die Sachen hatte ich gestrickt oder auf der Nähmaschine meiner Mutter genäht, jedes einzelne Stück hatte ich selbst gemacht.

Als wir fertig waren, knotete ich mir ein Tuch um den Oberkörper und Masood legte Aram hinein. Sie war still, mucksmäuschenstill. Als würde sie es spüren, als würde sie alles spüren. Und dann gingen wir die Treppe hinunter. Ein Junge mit einem Teppich über der Schulter und zwei kleinen Koffern, ein Mädchen mit einem Baby am Körper. Vorsichtig öffneten wir das Tor, und Masood steckte den Kopf hinaus, winkte mir zu, als er gesehen hatte, dass die Straße leer war. Und so gingen wir im schwachen Morgenlicht weg. Wir wussten nicht, wohin, wir versuchten nur, so weit weg wie möglich zu kommen. Masood weinte leise. Er weinte über Saber, das wusste ich. Ich hoffte, dass er auch über mich weinte, über das, was er mir angetan hatte. Aber ich glaube es nicht. Ich glaube nicht, dass er es richtig zur Kenntnis nahm. Ich glaube, dass er es jedes Mal, wenn es vorbei war, vergaß, dass er es unmittelbar verdrängte.

Wir standen mitten in der Stadt am Imam-Hussein-Platz. So hatte er früher nicht geheißen. Er hieß einmal anders, irgendetwas ohne das Wort Imam, aber ich kann mich nicht an den Namen erinnern. Masood stand in einer Telefonzelle und bemühte sich, für uns ein neues Zimmer zu finden. Ich blickte auf die sich ungestüm, fast panisch bewegenden Menschenmassen, obwohl die Sonne gerade erst aufgegangen war. Auf die rauchenden Spuren des letzten Luftangriffs. Auf die Soldaten, die auf mich zu- und an mir vorbeimarschierten. Ich drückte Aram an mein klopfendes Herz und spürte meinen eigenen Pulsschlag in ihrem Körper. *Das ist kein Ort für ein Kind*, dachte ich. *Wir müssen von hier weggehen.*

«Ich habe für uns etwas Neues abgemacht», sagte Masood und griff wieder nach den Koffern.

Ich rührte mich nicht von der Stelle, und er sah mich fragend an. «Masood, wir müssen von hier weggehen.»

«Wir sind auf dem Weg, komm schon!»

Aber ich blieb stehen. «Nein, so meine ich das nicht. Ich meine, wir müssen wegfahren. Fliehen. Wir müssen den Iran verlassen, Masood.»

Genau da gluckste Aram, lachte mit ihrem zahnlosen Mund.

Beide wandten wir unsere Blicke ihr zu. Starrten auf ihre Lebensfreude. Dann lachten wir auch, erst er und dann auch ich. Wir standen inmitten dieses Schreckens und lachten, und er legte den Arm um mich und drückte mich an sich. Ich denke heute, dass ich voller Unbehagen hätte sein müssen, voller Angst vor dem Mann, der mich grün und blau geprügelt hatte, während er mein Kind auf dem Arm hielt. Aber ich war es nicht. Ich lehnte mich an ihn, suchte Schutz. Er stellte in meinem Leben Geborgenheit dar. Es dauerte lange, bevor etwas mehr Geborgenheit ausstrahlte als er.

Ein paar Wochen später kam Masood mit einem braunen Umschlag unter dem Arm nach Hause. Das Hemd war nassgeschwitzt, und die Hände zitterten. Ich saß in einem neuen fensterlosen Raum mit Aram auf dem Fußboden. Auf dem Teppich, der unser Zuhause darstellte, krabbelte sie in Kreisen um mich herum, und ich verstand nicht, wie ihr das gelang. Ich verstand nicht, wie es ihr gelang, sich dort zu entfalten und ihr Leben zu beginnen, ohne Licht und ohne Luft. In dem Vakuum fand sie Energie zur Bewegung. Das erstaunte mich.

Er öffnete den Umschlag und leerte den Inhalt neben mir aus. Drei kleine Dinge. Papiere und Tinte, äußerlich nicht viel, aber ich hielt die Luft an.

«Masood», sagte ich zweifelnd. «Masood!»

Er sank auf den Boden, legte sich auf die Seite, den Kopf auf meinen Schoß. Er zitterte immer noch am ganzen Körper, und jetzt verstand ich, warum. Das war das Adrenalin. Die Angst und das Adrenalin. Er bohrte den Kopf in mein Kleid, und ich strich ihm über die Haare. Dabei schaute ich in die drei kleinen Hefte. Und wenn die nun nicht gut genug sind? Und wenn sich nun ein Fehler eingeschlichen hat? Und wenn wir sie nun benutzen und trotzdem alles fehlschlägt?

Ich nahm eines in die Hand, das oberste. Es fühlte sich

echt an, das Gewicht in der Hand fühlte sich richtig an. Darin war ein Foto von mir und dann der Name Noora Pooreh. Der falsche Name. Ich musste die Augen schließen. Was jetzt passierte, war wirklich. Wir würden fliehen, und das hier zeigte, wer ich war, wer ich sein würde. Eine falsche Person und meine Noora, wie ein Schatten, immerzu bei mir.

Ich öffne den zweiten Pass und sehe die Fotos an. Masood, mit schreckensweit aufgerissenen Augen. Und dann sie. Mein Baby. Ein Jahr alt und ein plapperndes Lächeln. Ich fragte mich, wie ein Kind flieht. Wie kann es sein, dass ein so kleines Kind fliehen muss? Ich fragte mich, was sie vor Augen haben würde, wenn sie an dieses Land hier dachte? Ihr Land, das sie nie kennen würde. Und am meisten fragte ich mich, was aus ihr werden würde. Setareh, stand da. Er hatte die Namen ausgesucht, und ich dachte, die Wahl war gut. Der Stern, der uns durch die Nacht leiten würde.

«Das ist um ihretwillen, oder?»

Masood blickte auf, sah mich an. «Das hoffe ich», antwortete er, und in dem Moment spürte ich, dass auch wir Kinder waren. Zweiundzwanzig Jahre alte, verbrauchte Kinder. Wir hatten keine Ahnung, worauf wir uns einließen. Wir redeten uns ein, dass wir eine Verantwortung hätten, dass wir um ihretwillen fliehen müssten. Damit sie nicht ihre Eltern verlieren würde, ihr eigenes Leben. Damit sie eine Zukunft haben konnte. Wir verließen deshalb den Kampf, unsere Familien, unser Land. Deshalb würden wir alles aufgeben und im Stich lassen. Aber ich weiß es nicht. Ich glaube nicht, dass das stimmte, ich glaube, wir taten es um unseretwillen. Ganz egoistisch um unseretwillen, weil wir nicht enden wollten wie Noora und Rozbeh und Saber.

Weil wir nicht sterben wollten.

Falsche Pässe waren teuer und die Flughafenschmuggler ebenfalls. Wir bezahlten nicht selbst. Zuerst wollte Masood nicht erzählen, von wem das Geld kam. Er wollte nicht noch mehr Menschen hineinziehen. Er wollte sie nicht mehr hineinziehen, als sie einbezogen waren. Später begriff ich, dass es sein Onkel war, der Bruder seines Vaters, der bezahlt hatte, dass wir ihm unsere Freiheit schuldeten.

Masood wollte auch nicht, dass ich es Mutter erzähle.

«Um ihretwillen», sagte er, aber dann nahm er das zurück. «Um unseretwillen. Du weißt, wie sie sein kann. Wenn sie zu schreien und zu trauern anfängt … Das weckt Aufmerksamkeit, und sie kann verhört werden, und wer weiß, was noch.»

«Soll ich mein Land verlassen, ohne mich von meiner Mutter zu verabschieden, Masood? Willst du das?»

Wir saßen in unserem kleinen Zimmer auf dem Teppich und flüsterten. So groß war unsere Angst vor Verfolgung. Wir wussten nicht, wo sie waren, wie sie lauschten. Wir wussten nicht, ob sie von uns wussten oder wie viel sie wussten.

Saber hatte alles gewusst. Er war in unserer Gruppe der Einzige, der über alle informiert war. Wenn wir uns trafen, legten wir mittlerweile Augenbinden an, ehe wir den Raum betraten, um nicht zu wissen, wie die anderen aussahen. Um uns nicht gegenseitig identifizieren zu können. Wir hatten

Geschichten darüber gehört, wie es zuging, wenn man verhaftet wurde, dass man sich in ein Auto setzen musste und sie einen durch die Stadt fuhren und man bekannte Gesichter identifizieren musste – Menschen, die an Treffen teilgenommen hatten, Menschen, die im Untergrund bekannt waren, Menschen, die nachts Flugblätter verteilten. Menschen wie wir. Und das war erst der Anfang. Dann kamen die Folter, die Vergewaltigungen, die Drohung der Hinrichtung, um mehr Informationen zu erhalten. Mehr Namen. Deshalb durften wir uns nicht kennen.

Saber, er wusste alles. Unsere Trauer, als die Nachricht kam, war gemischt mit Angst um unser eigenes Leben. Was hatten sie mit ihm gemacht, ehe sie ihn umbrachten? Wie loyal war er uns in diesen qualvollen letzten Stunden gewesen? Irgendwo wollte ich glauben, dass er uns verraten hätte. Dass ich nicht die einzige Verräterin war.

BIS ALLES BEREIT war, dauerte es ein paar Monate. Unsere Koffer waren gepackt, und wir bewegten uns wie Nomaden durch die Stadt. Gerüchte erreichten uns, dass man immer mehr unserer Kameraden verhaftete. Alle zogen immer wieder um, aber wir hinterließen Spuren. Das nicht zu tun war unmöglich.

Masood wiederholte immer wieder, es läge nicht an Saber, dass so viele verhaftet wurden. Saber habe die Information unmöglich hinterlassen. Das würde er niemals tun.

«Sie brachten ihn um, weil er schwieg!»

Er sagte das, wie um sich selbst zu überzeugen, und ich widersprach ihm nicht. Ich wusste es nicht. Ich wiegte einfach nur Aram auf meinem Schoß, sang alte Lieder und flüsterte: «Keine Sorge, keine Sorge.» Ich wollte mich selbst überzeugen. In Wahrheit hatte ich irrsinnige Angst, aber nicht nur das, ich war auch voller Scham. Scham, weil wir das Chaos verlassen würden, das wir geschaffen hatten. Scham wegen Rozbeh und seiner Eltern, Scham über mich selbst, die keine Prinzipien hatte, die sich während dieses Verhörs nicht getraut hatte, für irgendetwas einzustehen. Und eine tiefe Scham darüber, dass ich meine Mutter verlassen würde, die dann mit dem Verlust von zwei Töchtern zurechtkommen musste, mit einem Krieg und mit einer Revolution, die ihr das eigene Land genommen hatte. Ich schämte mich, und in meiner Scham sagte ich mir, es sei für

Aram. *Das ist für Aram.* Wir waren viele, die das seither sagten, viel später, als alles auf ganz andere Weise schwer war, als wir die Sprache nicht verstanden und man uns als Kanaken beschimpfte und wir uns fragten, wie man sich gegen die Kälte schützte. Das ist für das Kind. Aber so groß war unser Heldenmut nicht.

Einzig Masoods Vater wusste, dass wir weggehen würden. Er und sein Bruder, der bezahlt hatte. Ich konnte das Thema natürlich nicht fallenlassen.

«Warum darf es meine Mutter nicht wissen, wenn es dein Vater weiß?»

Er sah mich müde an. «Meine Liebe», sagte er dann. «Mach es nicht schwerer, als es sein muss. Es ist bereits schwer. Es ist bereits so schwer.»

Ich dachte, dass ich es trotzdem erzählen würde, dass ich insgeheim zu ihr laufen würde, hinfahren, sie ganz fest in den Arm nehmen und alles erzählen. Erzählen, dass alles gut werden würde, es kein Verlust, sondern ein Gewinn sein würde. Ein Gewinn für Aram, ein Gewinn für uns.

«Wir gehen weg, damit du uns nicht verlierst», würde ich sagen. Und sie würde es verstehen. Sie würde mich ebenfalls ganz fest umarmen. Sie würde mir wegen Noora verzeihen, und sie würde sich bedanken, dass wir uns um alles kümmerten, damit sie nicht noch mehr Sorgen haben müsste.

Aber ich wusste, dass es so nicht gehen würde. Ich wusste, dass sie sich auf die Erde werfen und sich ins Gesicht schlagen und Gott und seine Fundamentalisten anschreien würde, schreien, ihr müsst jetzt aufhören, mir meine Kinder wegzunehmen. Sie würde schreien und schlagen, und die Nachbarn würden kommen und Fragen stellen, und sie würde die Antwort hinausschreien, und jemand in der Menge würde mich mit anderem Blick als die Übrigen ansehen, und die Person würde sich davonschleichen und den Telefonhörer nehmen und ein Telefonat führen, und ehe es mir gelungen sein würde, meine Mutter wieder vom Boden aufzuheben, hätte ein Einsatzfahrzeug vor dem Haus gehalten, und Revolutionsgardisten wären herausgesprungen, und dann wäre ich weg.

Ich wusste, dass Masood recht hatte. Aber ich richtete meinen ganzen Groll, meine ganze Trauer gegen ihn. Wir hatten Noora meiner Mutter weggenommen, und jetzt nahm er mir meine Mutter weg. Das konnte ich ihm nie verzeihen.

WIR WAREN IM Flüchtlingslager, als ich endlich Zugang zu einem Telefon hatte und herausfand, wie ich es benutzen konnte. Viele Wochen waren vergangen, seit wir weggegangen waren, viele Wochen, seit ich mich gemeldet hatte.

Eine kleine Ferienhaussiedlung im Wald bildete das Lager, außerhalb irgendeiner kleinen Stadt gelegen, in die wir nie wieder zurückfuhren. Es war schön. Trotz aller Unruhe konnte ich das wahrnehmen. Der Wald war schön, die Lage war schön. Ich saß immer mit Aram auf dem Schoß auf einer Bank und ermunterte sie zu sehen. «Sieh mal die hohen Kiefern, das Moos und die einladenden Felsbrocken.» Ich deutete auf die zwitschernden Vögel und die Hunde an der Leine, die an uns vorbeiliefen. Ich setzte sie auf die Schaukel und schubste sie an, fast konnte sie die vom Himmel herabhängenden grünen Zweige erreichen. Sie gluckste und lachte, und sie begann, dort im Wald zu laufen und zu rennen. Wir hatten Luft, und wir hatten Licht, und ich dachte, das ist doch offensichtlich. Es ist doch offensichtlich, dass es hier besser ist. Ich sagte es laut zu mir selbst, aber es gelang mir nicht, auch daran zu glauben.

An der Rezeption gab es ein Telefon mit einer Zeituhr, und man bezahlte das Gespräch nachträglich. Damals kostete es sehr viel, im Iran anzurufen, und wir hatten so wenig Geld, und Masood saß neben mir und sagte, ich müsse mich kurz fassen, und ich sah ihn an und fragte mich, wie man das macht. Wie berichtet man seiner Mutter, dass man in einen anderen Teil der Welt geflohen ist, dass man sich vielleicht nie wiedersieht. Ich fragte mich, wie man das macht und sich kurz fasst.

Erst nach etlichen Anläufen ging das Signal durch. Wenn ich heute daran denke, wie wir kämpfen mussten, um Kontakt zu bekommen. Es wirkte tatsächlich so, als hätten wir unsere Familien für immer verloren. Aber schließlich klappte es, und während ich darauf wartete, die Stimme meiner Mutter zu hören, zog ich so fest an der Telefonschnur, dass die Rezeptionistin ihre Hand auf meine legte und sie drückte.

«Allo!»

Sie klang aufgeregt, und ich sah unruhig zu Masood hinüber. Dachte, am leichtesten wäre es aufzulegen, vielleicht wäre es am einfachsten, dieses Gespräch nie zu führen. Es nie geführt zu haben.

«Mutter.» Meine Stimme zitterte, und ich entschied mich, es kommen zu lassen. Aus mir strömen zu lassen.

«Mama.»

Ich hörte, dass sie weinte, hörte ihr Schluchzen, und während wir unsere Tränen über das Telefon teilten, vergingen die Minuten. Ich weiß, dass Masood die Zeituhr im Auge hatte, und ich dachte, vielleicht macht man es einfach so. Man weint zusammen am Telefon. Vielleicht ist es das, was man jedes Mal tut, wenn man die Stimme des anderen hört. Mehrere Jahre lang war das alles, was wir taten.

Als ich auf die Zeituhr schaute, waren drei Minuten und sechsundzwanzig Sekunden vergangen, und wir hatten kein

Wort gesagt. Meine Augen begegneten Masoods, und er bat mit den Augen um Entschuldigung und legte den Finger auf die Gabel. Der Klang meiner Mutter verschwand.

«Keine Sorge. Sie weiß schon alles, das weißt du.»

Ich wollte sagen, dass sie informiert war, weil sein Vater ihr alles berichtet hatte, und dass das nicht ausreichte. Ich wollte erklären. Ich wollte darüber sprechen. Aber ich bekam nichts heraus. Ich nahm das Telefon und drückte es an mich. Drückte es an meinen Schmerz.

Masood stand bekümmert neben mir. So etwas erfasst man nicht im Voraus. Wie zutiefst schwer es ist, sich in die Trauer des anderen zu fügen, wenn der eigene Schmerz so unerhört groß ist. Nach einiger Zeit ging er weg, und die Rezeptionistin kümmerte sich. Sie war keine Rezeptionistin im eigentlichen Sinn, sondern für uns angestellt. Uns verletzte Seelen. Sie stand eine Weile neben mir, aber auch sie wusste nicht, was man macht. Was man machen müsste. Da nahm sie mich einfach in den Arm. Ich verschwand an ihrer großen mütterlichen Brust, und sie drückte mich an sich, und sie weinte auch. Ihr ganzer Körper, ihre Oberarme zitterten, und sie wiegte mich. Da schluchzte ich nur noch lauter. Dieses Gefühl, wie umhüllt zu sein von einem anderen, fremden Menschen, wenn man die Menschen verloren hat, die einem immer Hülle waren.

Sie hieß Sonja. In unserem Flüchtlingslager wurde viel geweint, und Sonja weinte mit uns allen. Sie gab uns viel Trost. Ich wünschte, ich könnte sie finden, ich wünschte, es gäbe jetzt eine Sonja für mich.

MUTTER HAT MIR nie verzeihen können, dass ich sie verließ. Ich hatte gehofft, dass sie es eines Tages verstehen würde. Verstehen, dass unsere Flucht mehr Gutes als Schlimmes mit sich bringt. Sie akzeptierte es nie. Sie fand, wir hätten mit dem, was wir taten, aufhören können und uns irgendwo verstecken. Politik und Revolution bleibenlassen. Irgendwo weit draußen auf dem Land einen Ort finden und uns dort aufhalten, bis sich der Sturm gelegt hätte. Und der Krieg, der Krieg endete doch ein paar Jahre, nachdem wir wegge-gangen waren. Wir hätten uns vor dem Krieg verstecken können. Wir hätten Masood verstecken können, so dass er nicht in den Krieg ziehen musste. Zumindest hätten wir nach Ende des Kriegs zurückkommen können.

«Selbst wenn das geklappt hätte, selbst wenn all das, was du gesagt hast, Mutter, geklappt hätte, würden wir doch nicht in einer islamistischen Diktatur leben wollen.» Das sagte ich ihr einmal am Telefon. Da war das Gespräch un-terbrochen. Ich hörte ein kräftiges Surren, so wie der Fern-seher abends klang, wenn das Programm zu Ende war, und dann Stille. Als ich wieder anrief, kam eine automa-tische Stimme, die sagte, die Nummer existiere nicht mehr. Das erwies sich als vorübergehend, aber in dem Moment glaubte ich, sie hätten mir meine Mutter wieder genommen.

Man hörte, dass sie die Telefonate belauschten, man hörte es genau. Das Klicken, wenn sie sich ins Gespräch einklinkten, das Rauschen. Manchmal Stimmen, die kamen und gingen. Klick, klick, klick, klick. Ich musste den Impuls unterdrücken, sie anzuschreien, zu schreien, sie sollten uns in Ruhe lassen. Wir waren doch geflohen. Wir waren nicht mehr da, wir hatten nichts mit ihnen zu tun. Aber ich wagte es nicht, denn Mutter war doch dort, und ich konnte ihr nicht noch mehr zumuten. Ich hatte ihr mehr zugemutet, als ein Einzelner durchleben sollte.

Und wenn ich heute endlich mit Neuigkeiten anrufe, mit guten Nachrichten, sagen sie, ich könne nicht mit ihr sprechen. Sie liege bewusstlos in einem Krankenhaus, und ich würde vielleicht nie mehr mit ihr sprechen. *Ich muss es erzählen*, denke ich, als ich so ohnmächtig in meinem Dunkel liege. In mir klingt das Echo meiner Worte. Ich muss es erzählen. Ich muss es erzählen.

Ich weiß, wo ich bin, obwohl es mir nicht gelingt, die Augen aufzuschlagen. Ich erkenne den Geruch. Antiseptisch und zugleich eklig. Offene Wunden und entzündete Lungen und verfallende Körper. Ich wollte die Lippen bewegen, um zu protestieren, um zu sagen, dass ich nach Hause fahren will. Aber sie waren trocken, angetrocknet, und ich hatte keine Kontrolle über sie.

Aram nahm meine Hand. Sie musste an meinem Bett gestanden haben, auf die geringste Bewegung wartend.

«Mutter. Mutter. Ich bin hier.»

Ich versuche es nicht länger. Lass die Augenlider ruhen. Ich verschwinde wieder.

ALS ICH DAS nächste Mal aufwache, heben sich die Augenlider von selbst. Der Raum ist dunkel und leer. Ich bin an eine Maschine angeschlossen, und die klingt, wie sie muss. Gleichmäßiges Piepen. Ich atme heftig aus.

«Ich lebe. Ich lebe.»

Ich murmle und suche dabei nach dem roten Knopf. Ich drücke ihn fest, lange. Weiß, dass das keinen Unterschied bewirkt. Sie hören dasselbe Signal, egal, wie fest ich drücke. Aber ich drücke, als ginge es ums Leben.

«Ich lebe!», rufe ich, als die Krankenschwester ins Zimmer kommt. Sie ist rundlich und alt und nett, und sie lacht.

«Was für ein Glück!»

Sie kommt zu mir und nimmt meine Hand. «Wie gut, dass Sie wach sind, Nahid. Ihre Tochter ist jeden Tag hier gewesen und hat auf Sie gewartet.»

Ich drücke ihre Hand so fest, dass es weh tun muss. «Was ist passiert? Was ist mit mir passiert?»

«Sie hatten einen Schlaganfall, Nahid.»

Einen Schlaganfall. Einen Schlaganfall wie Mutter.

«Das kommt vor, wissen Sie. Von den Tumoren.»

Ich weiß. Ich weiß es. Aber ich will nicht. Ich will keinen Schlaganfall haben. Ich will keine Tumore haben.

«Ich muss mit meiner Mutter sprechen.»

Die Schwester nickt und macht etwas mit den Schläuchen an meinem Arm.

«Ja. Jaja. Die Nacht ist bald vorüber.»

Ich begreife, dass sie mich nicht ernst nimmt. Sie glaubt, dass ich wirr rede. Menschen, die im Sterben liegen, tun das, ich weiß. Meine Alten im Heim schrien immer nach ihren Müttern. Manchmal saß ich auf dem Flur und hörte zu. Eine Symphonie aus Angst. Die letzten Stunden des Lebens. Alle riefen nach ihren Müttern.

«Ich bin bei Verstand. Ich weiß, was ich sage. Bitte geben Sie mir mein Telefon. Ich muss meine Mutter anrufen.»

Sie streicht mir über den Kopf. «Es ist mitten in der Nacht, meine Liebe.»

«Sie verstehen mich nicht. Ich brauche meine Mutter. Es ist dringend.»

«So ja, so ja», sagt sie begütigend und sammelt dabei ihre Sachen zusammen. Und dann geht sie.

Wieder drücke ich den roten Knopf. Aber ich weiß schon, dass sie nicht zurückkommt, sie betrachtet mich genau wie ich die Alten im Heim. Mein Kissen wird nass von meinen Tränen, und mit den kleinen Bewegungen, die mir möglich sind, schüttle ich den Kopf. Ich bin nicht alt! Alle diese schwachen Körper, denen ich in ihren letzten Stunden beigestanden habe. Sie waren neunzig, manche hundert Jahre alt. Warum sind mir nicht mehr Jahre vergönnt. Warum bekomme ich so wenige.

Ich muss sterben, denke ich. Ich muss wirklich sterben.

«WARUM HAST DU mir nichts davon gesagt, Mutter? Warum hast du nichts gesagt?»

Aram sitzt neben mir und streicht mir übers Haar.

«Ich würde es allein hinbekommen», sagte ich zu ihr. «Ich würde mich allein darum kümmern.»

«Das musst du nicht, Mutter. Ich bin da.»

Ich will sagen, dass ich sie zu schützen versuchte, aber ich weiß nicht, ob das stimmt. Ich wollte das Baby schützen, mein Enkelkind. Ich wollte meine eigene Unsterblichkeit schützen. Mich selbst.

«Das wird wieder weggehen», sage ich. «Das ist auch letztes Mal weggegangen. Das wird wieder weggehen.»

Sie sitzt zurückgelehnt, eine Hand auf dem Bauch. Der ist gewaltig. Ich sage ihr das, und sie lacht. Wieder dieses weiche Lachen. In ihren Augen sehe ich, dass sie froh ist, dass sie von etwas umhüllt ist, worin ich keinen Platz habe. Eine Hülle aus Sanftheit und Ruhe und Glück. Das ist das Kind. Mit mir befasst sie sich. Sie befasst sich mit mir, um dann wieder in ihre eigene Welt zurückzugehen. Ich denke: Wenn ich sterbe, wird sie mich nicht vermissen. Sie wird etwas anderes haben, etwas, das viel besser ist, als ich es je war. Dieses Kind wird meinen Platz in ihrem Leben einnehmen, und sie wird finden, das sei ein guter Tausch. Sie wird finden, wenn der Preis für mein Kind war, dass Mutter sterben musste, dann war es das wert. So wird sie denken.

Es vielleicht irgendwem irgendwann sagen. Ich denke: Vielleicht war das doch nicht gut, das mit dem Kind. Ich denke: Wegen des Kindes werde ich einsam sterben. Werde ich noch einsamer sterben.

ICH RUFE MEINE Schwester jeden Tag an. Sie erzählen von Mutter, aber ich weiß nicht, ob sie die Wahrheit sagen. Sie sagen, sie sei immer noch im Krankenhaus. Sie sei bei Bewusstsein. Sie darf nur wenige Minuten am Tag Besuch haben. Sie habe keinen Zugang zu einem Telefon.

«Aber kannst du es ihr erzählen, Maryam? Kannst du ihr sagen, dass Aram eine kleine Tochter bekommt?»

«Wir möchten nicht, dass ihr emotional zugesetzt wird. Die Ärzte sagen, das sei schlecht. Das weißt du doch, Nahid? Es wäre nicht gut für sie?»

Ich will sie anschreien, aber ich halte mich zurück. Ich bin stolz darauf, dass es mir gelingt, mich zurückzuhalten. Sie halten meine Mutter von mir fern, aber ich denke, das ist gegen mich gerichtet. Ich habe sie verlassen, meine Schwestern und meine Mutter. Meine Rechte sind lange schon aufgebraucht. Also rufe ich weiter an, mehrmals am Tag, um eventuell aus ihrem Tonfall etwas Neues herauszuhören. Aber es ist gut möglich, dass sie tot ist, dass Mutter schon gegangen ist. Sie würden es nicht sagen, nicht jetzt, das ist mir klar. Was wäre es für ein Unterschied? Wenn sie nur lange genug warten, brauchen sie es nie zu sagen.

Christina will die Chemotherapie wieder beenden. Der Schlaganfall hat sie erschreckt. Sie denken, ich sei schwach, die Behandlung bringe mich um. Sie hoffen, das, was groß genug ist, was sie erreichen können, zu eliminieren, indem sie es bestrahlen. Aber uns allen ist bewusst, dass mich auch das nicht retten wird.

Aram setzt ihre Hoffnung auf Bestrahlung. Sie glaubt daran.

«Du musst das machen, Mutter. Alles, was du kannst, musst du tun», sagt Aram nach dem Gespräch mit der Ärztin.

«Wenn sich das, was ich habe, mit Bestrahlung vernichten ließe, hätten sie es von Anfang an getan. Es spielt keine Rolle.»

«Du kannst nicht aufgeben, Mutter. Hörst du? Du darfst nicht aufgeben. Du musst sie die Bestrahlung testen lassen. Du darfst jetzt nicht aufhören. Nicht jetzt.»

Ich frage mich, ob sie wirklich will, dass ich bleibe. Oder ob sie das einfach nur so sagt. Nur das sagt, was man sagen soll.

ICH DENKE OFT an die Flucht. Frage mich, ob es richtig war. Richtig und falsch, das ist so schwer zu entscheiden, wenn die Jahre vergangen sind und alles so chaotisch und wirr geworden ist. Manchmal frage ich mich, ob richtig und falsch tatsächlich einen Gegensatz ausdrücken oder ob man damit nicht auf zweierlei Weise dasselbe sagt.

Bezogen auf Leben und Tod, sollte die Flucht das Richtige gewesen sein. So einfach sollte das sein. Wir flohen vor politischer Verfolgung und einem Krieg. Für unser Überleben sollte die Flucht das Beste gewesen sein. Und wir überlebten. Dreißig Jahre lang überlebten wir.

Aber von unseren Geschwistern und Vettern und Cousinen, die geblieben waren, leben alle noch, die lebten, als wir flohen. Die nicht schon 1984 gestorben waren, die leben immer noch. Während Masood tot ist und ich im Sterben liege.

Warum blieb Masoods Herz stehen? Warum griff der Krebs nach meinem Körper? So kann man denken. Aber zugleich: Wie konnten unsere Herzen so lange schlagen? Wie konnten unsere Körper alles verkraften, was wir getan haben, seit dem Tag, als wir mit unseren falschen Pässen in das Flugzeug stiegen?

Ich sehe die Nachrichten, sehe alle die Flüchtlinge, die über das Meer strömen, und denke, wie hat sich die Welt verändert. Als wir flohen, war unser Problem: Wie würden wir aus unserem eigenen Land entkommen? Als wir das herausgefunden hatten, kauften wir ein Flugticket und flogen in die Freiheit. Und diese Menschen? Die kämpfen sich vorwärts, Kilometer für Kilometer, und die ankommen, die denken, dass sie tatsächlich angekommen sind. Es hat gerade erst angefangen, will ich ihnen sagen. Die Flucht sitzt euch im Blut, und sie wird übertragen auf eure ungeborenen Kinder, und wie ein Tumor wird sie mit der Zeit in euch wachsen. Alles, was ihr verloren habt und von dem ihr glaubt, dass ihr darüber hinwegkommen könnt. Ihr könnt es nicht. Alles ist noch da. Sogar einschließlich des Schicksals, das ihr befürchtet habt, vor dem ihr geflohen seid. Sogar einschließlich des qualvollen, des blutigen Todes, alles ist noch da, alles bleibt. Nachts, in euren Albträumen erscheint er. In den Erinnerungen an das, was ihr gesehen habt, erscheint er. In den Erinnerungen an die Verlorengegangenen. Das, wovor ihr geflohen seid, ist bei euch, ist noch so lebhaft präsent wie das merkwürdige Leben, an das ihr euch anzupassen versucht. Das wird nicht verschwinden! Ihr seid Verurteilte und eure Kinder ebenfalls. Alles ist noch da, und alles vererbt sich.

ICH ENTSCHEIDE MICH doch für die Strahlentherapie. In der Leber sitzt etwas Großes, was sie damit wegbekommen wollen.

Als Christina das sagte, fing ich an zu lachen.

«Wenn das in der Leber sitzt, ist der Fall doch schon erledigt. Soll mich das, was Sie vorhaben, retten können?»

Sie stand am Fußende des Betts und schüttelte den Kopf. «Nahid, ich verspreche nicht, Sie zu retten. Ich kann Ihnen gar nichts versprechen. Nach unserem Ermessen kann die Bestrahlung helfen, den Tumor zum Verschwinden zu bringen, das ist alles.»

Sie schaute in ihre Unterlagen. Eine Weile schwiegen wir beide. Dann legte sie mir eine Hand auf den Fuß und drückte ihn. «Wenn wir den Tumor nicht bestrahlen, Nahid, dann ist es vorbei. Lassen Sie es uns tun.»

Dann drehte sie sich um und ging.

Es sind jetzt bald zwei Jahre, seit sie mir sagten, ich hätte noch ein halbes Jahr. Seit sie sagten, ich würde sterben. Diese Zeit ist wie ein Nebel, ein Nebel mit Fahrzeugen des Fahrdienstes, die vor der Tür vorfahren. Mein Körper, der mühsam zum Auto geht und darin Platz nimmt. Ein Nebel mit Krankentransportpersonal, ein Nebel mit Krankenhaustüren. Türen, durch die ich eintrete, Türen, durch die ich auf Krankenhausbetten gefahren werde, Türen, die von Ärzten geöffnet werden. Behandlung, Befund, Zusammenbruch. Spuckeimer neben meinem Sofa und Kartons mit Ersatzmahlzeiten, die bis an die Tür geliefert werden. Sie türmen sich im Vorraum. Ich schaffe es nicht, sie in die Wohnung zu tragen. Ich schaffe es nicht, zu essen, zu trinken. Ein Nebel von Telefonaten mit geschützten Nummern. Arzt, Sozialarbeiter, Diätassistentin. Diätassistentin. Es ist lachhaft.

«Als ich gesund war, hätte ich Sie mehr gebraucht», sage ich beim ersten Mal zu ihr. «Was können Sie jetzt für mich tun?»

Sie rief trotzdem immer weiter an, das machen sie alle. Auf die Gespräche mit der Diätassistentin verzichtete ich als Erstes. Dann auf die mit der Sozialarbeiterin. Christina rief öfter an, als sie es hätte tun müssen. Als irgendwer hätte verlangen können. Mit ihr sprach ich. Sie wurde meine Sonja, meine Diätassistentin, Ärztin und Sozialarbeiterin in einer Person. Ein Nebel von Gesprächen, eingeleitet von den Worten: «Hallo Nahid, hier ist Christina. Wie geht es Ihnen heute?»

Wie geht es Ihnen heute? Es gab keine neuen Antworten. Ich habe Krebs. Der frisst meinen Körper auf, der wird mich töten. Es ist ein Nebel, alles ist Nebel, außer dem Mittsommertag, als alles hell war und voller Leben. Ich denke, dass es uns gelang, eine schöne Erinnerung zu schaffen, dass wir den wunderschönen Schärengarten so oft, so viele Jahre lang besuchten und dass es uns am Ende gelang, eine schöne Erinnerung zu schaffen. Etwas, das einfach nur schön ist.

Ich denke, ich muss noch Großmutter werden. Ich muss

sie sehen. Ich muss ihr noch sagen, dass sie frei geboren ist, dass sie hier Wurzeln hat, dass ihr Großvater in dieser Erde liegt, also ist es ihre Erde. Wir sorgten für ihre Freiheit, auch wenn wir nicht an ihrer Seite sind. Wir sorgten für ihre Wurzeln. Wir beide, Masood und ich. Das will ich ihr sagen.

Dann klingle ich. Als die Krankenschwester hereinkommt, sage ich: «Ich habe beschlossen zu leben.»

Sie neigt den Kopf auf die Seite und sieht mich an. Fragt sich wohl, ob ich halluziniere oder einfach nur fasle.

«Ich will damit sagen, dass ich mit der Strahlenbehandlung anfangen will. So bald wie möglich!»

Sie nickt. Richtet meine Bettdecke. «Ich werde es Christina mitteilen», sagt sie. Offenbar will sie noch etwas sagen. Vermutlich will sie sichergehen, dass ich mir keine zu großen Hoffnungen mache. Dem will ich zuvorkommen und schließe die Augen, gebe vor zu schlafen. Sie bleibt stehen. Tauscht das Wasser in der Blumenvase aus. Wirft die Orangensaftflaschen weg und wischt meinen Tisch ab. Das gehört nicht zu ihrem Job. Sie macht das, weil ich ihr leidtue. Ich weiß das, ich weiß, dass sie es tut, weil sie weiß, dass das Bestrahlen nichts Entscheidendes bewirken wird, nicht mehr erreichen wird, als mir Tage, Wochen, einige Monate zu verschaffen. Aber ich will das Mitleid der Krankenschwester nicht. Ich brauche nichts anderes als etwas Zeit. Ich muss noch da sein, wenn das Kind kommt.

IN ERWARTUNG DES Behandlungsbeginns musste ich im Krankenhaus bleiben.

«Ich will Sie hierbehalten, damit ich Sie sehen kann», sagte Christina.

«Seit ich gekommen bin, sind Wochen vergangen», protestierte ich. Ich wollte wirklich nach Hause fahren. Aber dann sah ich ein, dass ich keine Ahnung hatte, wie lange ich schon im Krankenhaus war. Ich hatte keine Ahnung, welchen Tag wir hatten. Ich dachte nach, aber mir fiel auch nicht ein, welcher Monat gerade war. Ich erinnerte mich, dass die Geburt im Januar sein sollte. War Weihnachten schon vorüber?

Ich fragte Christina, und sie wirkte beunruhigt. Sie fing an, mir viele Fragen zu stellen. «Nahid, wissen Sie, in welchem Land Sie sind?»

«Ich bin nicht senil, Christina! Ich bin in Schweden.»

«Wissen Sie, in welcher Stadt Sie geboren wurden?»

Ich wollte gerade Stockholm sagen, aber schon in meinem Kopf klang das falsch. Ich versuchte nachzudenken, aber etwas hielt dagegen. Es war wie eine Wand zwischen mir und meinen eigenen Gedanken.

«Natürlich weiß ich das», antwortete ich und wandte den Blick ab.

«Nahid, wie heißt Ihre Tochter?»

Ich starrte in die Luft. Spürte, wie die Wand dicker wurde.

Auf meiner Seite davon gab es nichts. Nichts. Es war wie ein Vakuum.

Ich begegnete Christinas Blick und noch bevor sie etwas sagte, begriff ich. Noch bevor sie mich auf eine Transportliege hoben und mit mir losfuhren und mich in die große Röntgenmaschine schoben und ich Platzangst und Panik bekam und so schrie, dass sie mich herausholen und mir etwas Beruhigendes geben mussten und mich dann aufs Neue hineinschoben.

Der Krebs war jetzt auch im Gehirn. Er hatte sich zwischen meinen Erinnerungen eingenistet. Zwischen meinen Gedanken, direkt vor meinen Augen. Wie eine Wand hatte er sich festgesetzt zwischen mir und allem, was ich sagen wollte. Allem, was ich sehen wollte, dem Einzigen, was ich sehen wollte. Ich würde verschwinden, noch bevor ich gestorben war.

«Wie lange ist es bis Januar?» Das war meine einzige Frage.

«Das sind nur noch ein paar Wochen, Nahid», sagte Christina.

«Wird es mich dann noch geben? Gibt es mich noch bis Januar?»

«Ich weiß es nicht, Nahid.»

Sie strich mir übers Haar. Saß nur wenige Zentimeter entfernt, aber sie war verschwommen. Wie ein unscharfes Foto. Ich kniff die Augen zusammen, um ihre Konturen zu erfassen.

«Helfen Sie mir, dass es mich noch bis Januar gibt. Bitte helfen Sie mir, dass es mich noch bis Januar gibt.»

Durch meinen Nebel sah ich ihr angespanntes Gesicht. Sie hielt etwas zurück.

«Christina. Bitte seien Sie nicht so zu mir. Bitte. Ich werde Großmutter. Lassen Sie mich Großmutter werden.»

Ich hörte, dass sie weinte. Ich konnte es nicht sehen, aber ich hörte es.

«Das ist ungerecht.» Ich murmelte. «Das ist nicht gerecht.»

AM NÄCHSTEN MORGEN bat ich die Krankenschwester, sie möge mir helfen, im Bett zu sitzen, und um eine Tasse Kaffee. Ich brauchte etwas Stärkendes. Etwas, das mir durch den Nebel helfen konnte. Ich wollte um einen Tequila bitten. Ich hatte solche Lust auf einen Tequila und eine Zigarette. Aber das würde mein Nebel nicht verkraften. Jäh wurde mir bewusst, dass ich nie mehr einen Tequila trinken und eine Zigarette rauchen würde, und verlor für eine Weile den Mut. Nicht dass es wichtig gewesen wäre. Aber es war eben noch etwas. Noch etwas mehr, das mir genommen war. Noch etwas mehr, das banal war oder zumindest für viele eine Selbstverständlichkeit, aber das ich nie mehr erleben würde.

Zwei Telefongespräche musste ich führen. Zwei Telefonate, die ich persönlich führen musste, solange ich noch klar war, eins mit meiner Mutter und eins mit meiner Tochter. Das Übrige konnten andere erledigen. Ich nahm das Telefon und wägte es in der Hand, wobei ich mich zu entscheiden versuchte, wen ich zuerst anrufen wollte. Dabei blieb ich hängen, und erst eine Weile später, als die Krankenschwester ins Zimmer trat und mit einer Tasse Kaffee neben mir stand, kam der Gedanke zurück. Erinnerte ich mich daran, was ich tun wollte.

Ich rief Maryam zuerst an. Das war das Natürliche. Sich mit Vergangenheit zu befassen, ehe ich mich der Zukunft zuwandte.

Sie nahm schon nach kurzem Klingeln ab. Das erstaunte mich. So wie sie in letzter Zeit meinen Anrufen ausgewichen waren, meinem Quengeln, mit Mutter sprechen zu können.

«Nahid, *salam*!» Ihre Stimme klang schrill. «Bist du immer noch im Krankenhaus? Wann fängt die Behandlung an? Hier gibt es nichts Neues, Nahid, mach dir keine Sorgen. Denk an dich selbst, an Aram. An das Baby. Bald kommt das Baby, Nahid.»

Ich hörte ihre Worte, das schon. Aber was ich auch hörte, waren der Ton und das Hintergrundgeräusch und ihr kurzes flüchtiges Atmen und die zitternde Spannung zwischen den Silben.

«Maryam, ich will mit Mutter sprechen», sagte ich nur. «Ich will mit Mutter sprechen.»

Diese Worte hatte ich inzwischen so oft gesagt. So oft in so kurzer Zeit, und sie hatten sie von mir ferngehalten. «Ich habe gute Neuigkeiten!», hatte ich geschrien. «Bitte, ich rufe an, damit sie froh wird.» Aber ich durfte nicht. Sie hatten mich seit dem Schlaganfall nicht mit Mutter sprechen lassen, und jetzt hörte ich es. Ich hörte es, und ich wusste es, trotz des Nebels. Trotzdem ich angerufen hatte, um zu berichten. Ich wusste es, und hätte mein Herz einen Mund gehabt, es hätte vor Schmerz aufgeheult.

«Maryam, ich will meine Mutter haben. Bitte, ich will meine Mutter haben.»

Mein Schluchzen übertönte ihre Worte. Ich wollte ihre Worte nicht hören. Aber am Ende hatte ich keine Luft mehr und konnte nicht mehr, und da sagte sie es wieder.

«*Nahid joon*, mein Herz. Mutter ist von uns gegangen, Liebling. Liebes. Mutter ist von uns gegangen, es war das Herz. Mutter gibt es nicht mehr.»

Seine Mutter zu verlieren dürfte eigentlich nicht so weh tun, wenn man selbst sterben muss, wenn man selbst jeden Moment sterben muss. Wenn man weiß, dass der Verlust nicht lange währt, dass es eine vorübergehende Trauer ist. Aber es tat weh. Ich ließ das Telefon auf den Fußboden fallen und sank unter die Decke, wieder in meinem Nebel. Ich weiß nicht, wie lange ich weg war, aber ich hörte Stimmen kommen und gehen, und ich wollte ihnen sagen, dass meine Mutter gegangen ist. *Bitte, halte mich, denn meine Mutter ist gegangen.* Aber sie nahmen meine vagen Geräusche für Halluzinationen. Ich streckte den Arm in die Luft, wollte jemanden zu fassen bekommen, jemanden, der da war. Wollte sagen, dass es mich noch gab.

ARAM MEINTE, DASS ich zu ihnen nach Hause kommen, bei ihnen wohnen sollte. Sie stand im Krankenhauszimmer und sprach mit Christina, und man hätte ihre Stimme als resolut missverstehen können, aber ich hörte nur Panik.

«Ich kann mich um meine eigene Mutter kümmern. Wir erledigen, was zu erledigen ist.»

Christina versuchte zu protestieren. «Man muss sich mit vielem befassen. Mit dem Morphium, den Medikamenten, dazu all das Praktische. Sie kann nicht selbst gehen, sie sieht nur sehr wenig. Und dann sind da noch die Halluzinationen ... Sie werden zunehmen und schlimmer werden, je mehr der Tumor auf das Gehirn drückt. Das alles kann schwer sein.»

Aram hatte die Hände in die Taille gestemmt. Das war alles, was ich sah. Eine schwarze Figur mit gewaltigem Bauch und den Händen in der Taille. Sie sah aus wie ein wütender Troll, ein Märchenwesen.

«Christina, das ist meine Mutter.»

Ihre Stimme brach, und beide waren sie eine Weile stumm. Ich erinnere mich, ich auch. Das waren die Worte, die sie bei unserem ersten Treffen gesagt hat, als ich zum ersten Mal hier eingeliefert worden war. Etwas Schweres lag zwischen ihnen, Schuld und Scham. Warum haben Sie meine Mutter nicht gerettet, ich sagte doch, das hier ist meine Mutter, wie können Sie mir meine Mutter wegnehmen?

«Ich benachrichtige den häuslichen Pflegedienst», sagte Christina und verließ den Raum.

Ich hob die Hand, um Arams Aufmerksamkeit zu wecken.

«Lass mich zu mir nach Hause fahren. Ich will in meiner eigenen Wohnung sein.»

Ich bemühte mich, deutlich zu sprechen, und sie verstand mich. Sie nahm meine Hand und küsste meine Stirn. «Ich weiß, dass du das willst, Mutter. Ich weiß. Ich wünschte, es wäre möglich.»

Ihre Lippen ruhten noch auf meiner Haut, und ich spürte die Wärme und ihre Tränen. Ich wollte fragen, warum es nicht möglich war. Warum sie weinte. Ich wollte fragen: Was geschieht mit mir? Ich konnte mich nicht erinnern.

Aber für diesen Tag waren meine Worte aufgebraucht. Ich konnte sie nicht finden, und ich konnte nichts mit meinem Mund formen.

DIE BESATZUNG DES Krankenwagens kam, um mich zu holen. Sie hoben mich auf ihre Transportliege und rollten mich durch das Krankenhaus zum Notfalleingang. Ich wollte darüber scherzen. Sagen, es sei surreal. Im Krankenwagen nach Hause gefahren zu werden, wenn man eigentlich ganz woandershin unterwegs ist. So wollte ich das sagen. Aber die Leuchtstoffröhren leuchteten zu hell, und die Maschinen piepten zu laut, und ich schloss stattdessen die Augen.

Ich wachte auf, als sie mich in den Wagen hoben.

«Ich habe bald Geburtstag.»

Das war ich, die sprach.

«Ich werde fünfzig. So alt bin ich geworden. Kommt zu meinem Fest. Sie müssen zu meinem Fest kommen.»

Ich glaube nicht, dass sie mich hörten. Ich weiß nicht einmal, ob ich die Worte tatsächlich sagte. Ich versuchte, sie zu wiederholen, aber sie waren verloren.

MUTTER UND ICH fuhren einmal zusammen zum Begräbnisplatz. Dorthin, wo die politischen Gefangenen begraben wurden. Die Hingerichteten bekamen keine Beerdigung. Sie wurden einfach unter die Erde gebracht. Manche erfuhren es. Manche erfuhren sogar, wo die Körper ihrer Kinder waren. Andere, wie wir, konnten nur vermuten. Wir vermuteten, dass sie dort lag, dass sie dort ruhte. Ein vierzehnjähriger Körper, der gar keine Ruhe brauchte. Der nicht hatte ruhen wollen.

Mutter hatte seit jener Nacht nicht viel gesprochen. Sie war zum Gefängnis gegangen. Davon berichtete sie uns erst nachträglich. Sie wusste, dass wir an ihrer Stelle gegangen wären, und sie befürchtete, dass sie uns festnehmen würden. Sie hatte sich dorthin begeben, und sie hatte nach ihrer Tochter gefragt, und man hatte ihr gesagt, ihre Tochter wäre nicht dort. Als sie sich umdrehte, um zu gehen, hatte die Wache hinter ihr hergerufen: «Schämen Sie sich, *khanom*. Was sind Sie für eine Mutter, die nicht weiß, wo ihre Tochter ist. Die am Gefängnistor anklopfen und nach ihr fragen muss.»

Mutter war auf ihn zugegangen, hatte sich vor ihn gestellt und ihm direkt in die Augen gesehen. Dann hatte sie ihm ins Gesicht gespuckt. Sie wusste, dass man sie an Ort und Stelle hätte festnehmen können. Es grenzte an ein Wunder, dass man es nicht getan hatte.

Aber er hatte zu Boden geschaut, der Wächter. Ein Junge, kaum älter als Noora. Er hatte zu Boden geschaut, und Mutter hatte ihre Handtasche gepackt und war so schnell weggegangen, wie ihr Rheumatismus es erlaubte.

Und dann, zwei Wochen und vier Tage, nachdem unsere Noora verschwunden war, saßen wir beim Frühstück, und sie schenkte mir Tee in mein Glas ein und sagte in ruhigem Ton: «Heute will ich Noora besuchen.»

Masood blickte auf, in seinen Augen Misstrauen und Schmerz. «Mutter, weißt du etwas?»

Mutter reckte sich über das Tischtuch nach dem Käse. «Ich weiß, dass uns mein Mädchen verlassen hat. Mein Herz weiß das.»

Masood fing an zu protestieren, aber sie hob die Hand und gebot ihm zu schweigen.

«Heute fahren wir zum Begräbnisplatz», sagte sie ruhig und bestimmt.

Masood wandte sich mir zu, aber ich konnte ihn nicht ansehen. Da stand er auf, zog die Jacke an, und auf dem Weg hinaus knallte er die Tür hinter sich zu. Mutter verzog keine Miene. Sie saß einfach da, aufrecht, die Hände im Schoß, Mantel und Schal auf dem Stuhl, die Schuhe geputzt vor der Wand und daneben die Handtasche. Sie war bereit. Ich verstand nicht, wie ihr das gelungen war, aber sie war es.

Ich lächelte ihr zu. Dieses Lächeln zustande zu bringen verlangte sehr viel von mir, aber ich bekam es hin. Ich lächelte und sagte: «Wie du willst, Mutter. So machen wir das.»

Und dann zogen wir unsere beste Kleidung an, nahmen uns an der Hand und gingen zum Bus. Ich wollte zu Boden fallen und mich nie wieder bewegen, aber ich hielt Mutters Hand. Wenn sie mich ansah, lächelte ich, und wir hielten uns während der ganzen Busfahrt an der Hand. In der anderen Hand hielt sie einen Strauß Nelken. Sie musste sie am Vortag gekauft, aber vergessen haben, sie ins Wasser zu stellen. Sie hingen schaff über ihre Knie. Ich weiß noch, dass ich dachte: Das darf so nicht sein. Das ist falsch. Aber was konnten wir sonst tun?

Der Begräbnisplatz war riesig, und wir gingen lange. Ich spürte, wie Mutter hinkte, das Rheuma quälte sie. Aber sie hielt durch, straffte sich und ging weiter. Als wir dann zwischen den nicht markierten Hinrichtungsgräbern standen, sank sie zu Boden. Es war, als habe ihr Körper, genau wie meiner, auf dem ganzen Weg zu Boden fallen wollen, und jetzt endlich war es ihm gestattet, das zu tun.

Sie fiel auf die Knie und beugte sich über den gelben Sand. Ich sank neben sie. Ich hörte sie flüstern, und ich hörte sie die Erde küssen, immer wieder. Ich konnte nicht mehr tun, als den Sand mit meinen Händen aufnehmen und zusehen, wie er wieder zur Erde rieselte.

ICH SAH MEINE Mutter. Sie war im Zimmer, und sie hielt einen Strauß welker Nelken in der Hand. Sie war zu mir gekommen, sie war gekommen, um Abschied zu nehmen. Ich sah sie auf mich zukommen, in ihrem schwarzen Mantel und dem Schal über dem Haar. Ich sah die Ruhe in ihrem Gesicht und den festen Griff um die Handtasche. Sie fiel neben mir auf die Knie und küsste den Fußboden.

«Wie bist du hierhergekommen, Mutter? Wer hat dich hereingelassen? Wie bist du hierhergekommen? Ich glaubte, du seist gegangen. Ich glaubte, es sei vorbei. Ich habe dir etwas zu erzählen, Mutter. Hör mir zu.»

Jemand legte mir eine kalte Hand auf die Stirn. Sagte «Psst» und sang weich. Mein Blick wurde trüb, Mutters Konturen verschwanden nach und nach.

«Mutter, verlass mich nicht. Bleib bei mir, ich brauche dich. Ich werde alles gutmachen. Ich werde zurückgeben, was ich genommen habe. Das, was ich nahm, werde ich zurückgeben. Ich verspreche es.»

Aber sie war weg. Übrig geblieben waren die Nelken, braun, verwelkt.

ICH SPÜRTE IM Kopf, als es umschlug und die Klarheit kam. Es klang wie ein Klicken, wie es klingt, wenn man ein Glas Mayonnaise zum ersten Mal öffnet. Eine Versiegelung, die aufgebrochen wird.

Es klickte wieder, und ich schlug die Augen auf. Draußen vor den großen Fenstern war es dunkel und windig. Die Zweige schlugen gegen die Scheiben. Die Beleuchtung hier drinnen war schwach. Auf dem Esstisch flackerte eine brennende Kerze. Auf dem Fensterbrett stand ein Adventsgesteck und in der Ecke ein geschmückter Weihnachtsbaum mit leuchtender Lichterkette. Aus der Stereoanlage kam leise klassische Musik, und ich hörte entfernt Stimmen. Es duftete nach Braten und Gratin im Backofen. Ich dachte einen Moment, dass ich mir das einbildete, aber es war unverkennbar. Das Klicken. Die Klarheit.

«Aram.»

Meine Stimme war spröde, und ich räusperte mich.

«Aram!»

Die Stimmen verstummten, aber niemand kam. Es war, als wenn sie horchten, ob sich der Ruf wiederholte. Als wenn sie glaubten, sie hätten sich das eingebildet.

«Aram!» Jetzt rief ich mit klarer Stimme und hörte, wie sie fallen ließ, was sie in Händen hielt, und loslief. Sie kam angerannt, und in der Öffnung zum Wohnzimmer, wo ich lag, blieb sie stehen und starrte zu mir herüber.

«*Salam, madar*», sagte ich. Hallo, Liebling.

Wie sie dort in der Türöffnung stand, die Hände hinten auf die Hüften gestützt, und mich mit großen Augen ansah, war es, als ob es um sie herum leuchtete. Ein Lichtschein strahlte von ihrem Gesicht, von ihren glänzenden Haaren, die sie zum Pferdeschwanz gebunden hatte. Von einem Ort hinter ihrem Kopf. Sie sah aus wie ein Engel, so wie ich mir einen Engel vorstellte. Da dachte ich, wir seien uns nahe, das Baby und ich. Ich nahe dem Tod und sie nahe dem Leben, und jeder würde von seiner Seite aus bald diese dünne Linie passieren. Eigentlich waren wir am selben Ort. Bei dem Gedanken fühlte ich mich geborgen. Zum ersten Mal seit langer Zeit hatte ich das Gefühl, dass ich nicht allein war, dass ich nicht allein sterben würde. Wir würden uns treffen und uns an der Hand halten und uns dann gegenseitig leicht über die Linie schieben.

ARAM WOLLTE MIR in meiner Klarheit näherkommen, und ich wollte damit allein sein. Sie wollte Antworten auf ihre Fragen bekommen, ein paar Worte, von denen sie leben konnte. Ich, ich wollte nur meine Ruhe haben. Ich wollte mit geöffneten Augen daliegen und den Zweigen und ihren Bewegungen vor dem Fenster zusehen und spüren, dass ich ein Teil der Bewegung, ein Teil des Lebens war.

Sie setzte sich auf die Kante des Sofas und sagte als Erstes: «Du hast Weihnachten verpasst, Mutter.»

Das weckte in mir etwas Finsteres. Ihr Kommentar machte mich wütend. Wer schert sich um Weihnachten, wer schert sich darum, dass ich dieses Weihnachten verpasste, wenn ich sowieso alle kommenden verpasse.

«Wir haben dich vermisst», sagte sie dann, und das war's. Das war es, was mich wütend machte. Sie hätte gern Weihnachten mit mir gehabt, um ihretwillen, sie hätte gern ein letztes Weihnachtsfest gehabt, ein inneres Bild von mir bei ihrem Weihnachtsfest.

«Ich habe ein Weihnachtsgeschenk für dich.»

Sie klang entschieden. Als wollte sie uns beide überzeugen, dass das richtig war, dass die Übergabe eines Weihnachtsgeschenks das Richtige war, das Richtige, um damit eine unserer letzten Stunden zu füllen.

Ich freute mich. Das war ein sonderbares Gefühl, es begann im Bauch und zog sich zur Halsgrube und zog sich bis zu meinen Lippen. Ich weiß, dass ich mit dem Mund lächelte, das übrige Gesicht blieb starr. Die Augen wie im Blinzeln erstarrt. Sie hob ein großes Paket hoch, und ich streckte mit aller Kraft die Arme aus, griff fest zu, drückte das Paket an mich. Ich spürte, dass sie es am anderen Ende hielt, dass sie nicht wagte, das Gewicht über meiner Brust loszulassen. Ich hatte das Gefühl, dass wir beide irgendwie diesen Moment festhielten.

«Ich hoffe, dass es dir gefällt. Dass du es … benutzen kannst.»

Sie wusste nicht, wann ich wieder aufwachen würde und ob überhaupt. Sie wusste nicht, ob meine Klarheit hinaus ins Universum schwimmen und im Meer von Erinnerungsbildern und Hoffnungen verschwinden würde, aus denen nichts zurückkehrt. Sie wusste nicht, ob dies mein letzter Atemzug im Hafen war, und sie wusste, dass ich nicht sprechen wollte, ihr nicht das geben wollte, was sie brauchte, die Worte, die trösten würden, die Zärtlichkeiten, die heilen würden, die sie für den Rest ihres Lebens bei sich haben würde. Deshalb schenkte sie mir etwas, sie schenkte mir etwas, das ich überhaupt nicht brauchte und das ich nie benutzen würde, und das machte uns beide glücklicher, als man hätte erwarten können. Glücklicher, als wir glaubten, werden zu können.

Sie riss das Paket und den Karton darin auf. Schnell, schnell, als eile es. Ich blinzelte, aber ich konnte nichts sehen. Sie sagte, was es war. Eine teure Handtasche, so eine, wie ich sie hätte haben wollen, von der ich aber gedacht hätte, sie wäre nichts für jemanden wie mich. Es war eine teure

Tasche, und ich war Marxistin, jedenfalls war ich das gewesen, und sie gab mir das Gefühl, dass ich etwas wert sei, dass ich mehr wert war, als ich selbst fand.

Was ich sah, war die Farbe. Ich sah, dass sie rot war oder ein Teil davon war rot, ich weiß es nicht. Ich hielt sie hoch, und ich nahm ihre Hand.

«Sie passt zu meinen roten Stiefeln», sagte ich. «Ich kann sie zusammen benutzen.»

Sie drückte meine Hand.

«Das ist eine gute Idee», sagte sie. «Wir machen zusammen einen Spaziergang, mit der Handtasche und deinen roten Stiefeln.»

Ich blickte auf, und ich sah sie, sekundenlang sah ich sie scharf. Ihre Miene war genauso entschieden wie ihre Stimme. Sie hatte nicht vor, auch nur eine Sekunde zu weichen. Sie hatte vor, mich am Leben zu halten. Sie hatte vor, mich so lange am Leben zu halten, wie wir beide es brauchten.

ICH HÖRTE IN der Ferne ihre Stimmen, und das störte mich. Sie hatten mich ins Schlafzimmer verlegt. Ich lag in ihrem Bett, und ich weiß nicht, wo sie selbst schliefen. Ich hörte sie gehen und die Tür abschließen und ausgelassen zurückkommen und mit Tüten rascheln. Ich hörte sie das Gitterbett im Wohnzimmer aufbauen. Ich hörte ihr unterdrücktes Lachen und die leichten Schritte. Ich hörte, wie sie sich auf dem Teppich schwer atmend auf die Seite legte, während er weitermachte. Ich hörte sie Pläne schmieden und träumen, und ich hörte ihr Sehnen. Sie bauten in ihrem Heim und in ihren Herzen einen Platz, sie setzten mit ihren bloßen Händen eine Zukunft zusammen. Und hier lag ich. Aram kam manchmal zu mir herein. Sie kam oft, das weiß ich. Aber es fühlte sich an wie manchmal, wie dann und wann. Sie überprüfte meine Medikamente und befeuchtete meine Lippen mit Tupfern und strich mir übers Haar. Sie stieg über die Schwelle, die Schwelle zwischen Leben und Tod. Die bald überschritten war und die jeden Augenblick erreicht sein würde.

Ich konnte nicht sprechen. Ich konnte nicht sagen, was ich fühlte, und ich fühlte so viel. Ich fühlte, dass es verkehrt war. Ich fühlte, dass sie an meinem Bett sitzen und meine Hand halten und Abschied nehmen sollte, bei mir sein in diesem unfreiwilligen Warten, das meine ganze Welt ausmachte. Es konnte warten, das Neue. Der Rest. Der Rest würde bleiben, ich war diejenige, die verschwinden würde. Ich fühlte, dass es verkehrt war, was sie tat. Ich wünschte, sie wäre nicht schwanger. Sie könnte mein sein. Sie könnte all ihre Aufmerksamkeit hierherrichten, in meine Richtung. Sie könnte begreifen, dass ich sie für mich in diese Welt hier gebracht hatte, um dem Alleinsein zu entgehen, dem, allein hier zu liegen. Sie schuldete mir das, sie schuldete mir, mich vor dem Alleinsein zu beschützen. *Du lässt mich im Stich!*, wollte ich schreien, wenn ich hörte, wie sie Babykleidung faltete und behutsam in die Kommodenschublade legte. *Das hier wirst du bereuen.*

JEDEN TAG KAM ein Krankenpflegeteam. Vermutlich kamen sie mehrmals am Tag, ich weiß es nicht. Ich merkte am Geruch, dass sie es waren. Für mich war das kein unangenehmer Geruch, er war vertraut. All meine Stunden im Krankenhaus, Pflegeheim, Behandlungszentrum, all meine Stunden im weißen Kittel, all meine Stunden in der Pflege. Manchmal sah ich, wie ich mir entgegenkam. In Weiß, die Haare als Knoten und die Lippen leuchtend rot. Ich sah mich selbst hervortreten und mich an der Hand nehmen, eine Bürste heben und meine Haare mit langen weichen Strichen bürsten. Einen Hocker heranziehen und rosa Nagellack aus der Tasche nehmen. Meine Nägel malen und dabei eins meiner Lieder singen. So wie ich es immer bei meinen Patienten getan hatte. Ich sah mich auf mich zukommen und singen. Ich sang die ganze Zeit. Ich wünschte, ich wäre meine Krankenschwester. Ich wünschte, ich könnte meine Lieder singen. Manchmal begriff ich, dass sie es war. In kurzen klaren Momenten sah ich es. Wie Aram meine Hände auf den Schoß genommen hatte, die Nägel malte und dabei sang. Sie sang die ganze Zeit.

AN DEM TAG waren keine Lieder zu hören. Ich merkte, wie der Geruch auf mich zukam, und ich merkte, wie sie über mir standen. Mich unsanft ergriffen. Ich konnte nichts sagen, ich konnte sie nicht bitten aufzuhören. Sie steckten Schläuche in meine Arme und platzierten Sauerstoff über meine Nase. Es waren mehr als sonst, ich hörte das an der Dichte zwischen ihren Körpern. Sie bewegten sich gleichmäßig und schnell. Dann plötzlich verschwanden alle, und in dem Moment begriff ich. In dem Moment spürte ich meine Atemzüge und begriff, dass sie am Versiegen waren. Sie stießen an die Ränder meiner Lungen und fanden keinen Weg hinaus. Es röchelte und zischte in mir, und es fühlte sich an, als steckte ich fest. Als wenn ich in mir selbst feststeckte und es mir nicht gelang herauszukommen.

Sie kamen zurück und hoben mich auf eine Transportliege. Ich wollte den Kopf drehen, suchte Arams Konturen. Aber ich spürte, dass sie nicht im Raum war, dass sie nicht vor der Tür stand, dass etwas nicht stimmte. Sie waren so viele, und sie verdeckten mir die Sicht, und ich wollte sie mit dem Arm wegschieben, aber ich hatte keine Kontrolle. Ich konnte den Arm nicht heben, und ich konnte die Augen nicht so weit aufschlagen, damit jemand merkte, dass ich da war. Sie fuhren mich durch die Wohnung und in den Flur, und dort hörte ich sie. Sie stöhnte. Atmete schwer, rhythmisch. Als wir an ihr vorbeikamen, blieben sie einen

Moment stehen. Sie saß. Hielt die Hände auf den Bauch. Mehr konnte ich nicht sehen. Sie streckte sich nach meiner Hand. Sie drückte sie so weich und so fest, dass ich spürte, wie das Leben zwischen uns pulsierte.

«Wir kommen, Mama. Wir kommen.»

Ihre Stimme klang angestrengt. Ich wollte mehr hören, begreifen, was los war. Aber sie beugte sich vor und unterdrückte einen Schrei, und dann war der Augenblick vorbei. Sie fuhren mich ins kalte Treppenhaus, und ich ließ die Augen zufallen.

Wir kommen. Als wenn man Wasser in den Mund nimmt und gurgelt, so surrten die Worte in meinem Kopf herum, in meinem Körper, rundherum, rundherum und überall. *Wir kommen.*

SIE SITZEN NEBEN meinem Bett. Mutter, in dem schwarzen Kleid, das sie an dem Tag trug, als wir zum Begräbnisplatz fuhren. Die Hände liegen im Schoß, sie wiegt sich, wie damals, als ich nach Hause kam und sie begriff, dass Noora fehlte. Maryam, mit vorgebeugtem Kopf. Ihre Wimpern werfen lange Schatten auf ihr Gesicht. Hinter dem Ohr steckt ein Stift. Das im Mahagoniton gefärbte Haar fließt über die Schultern. Sie ist schön, so schön. Ich weiß, dass auf ihrer Wange der blaue Abdruck einer Hand pulsiert. Deshalb hat sie den Kopf gesenkt. Und hinter ihnen, hinter ihnen steht Noora, mit Zöpfen und Baskenmütze, mit großer Brille und einem ausgelassenen Lächeln. Vierzehn Jahre, abenteuerlustig. Sie ist die Einzige, die mich ansieht. Unsere Blicke treffen sich, tausend Worte. Nach jedem Wort habe ich mich seit jenem Tag gesehnt.

Ich erkenne den Geruch und weiß, dass ich wieder im Krankenhaus bin. Körper bewegen sich. Sie drücken, befestigen neue Schläuche. Ich höre das Geräusch einer Pumpe, und ich weiß, was das ist. Ich weiß, dass sie Morphium in meinen Körper spritzen, dass sie mir die Schmerzen nehmen, mich beruhigen wollen. Mich dazu bringen, loszulassen und einzuschlafen. Ich versuche, jemanden durch Zupfen am Ärmel zu erreichen. Versuche, um mehr Zeit zu bitten, nur etwas mehr Zeit. Versuche zu schreien, ich bin noch nicht bereit, noch nicht! Aber meine Bewegungen sind für ihre Augen nicht sichtbar, und meine Rufe sind ohne Ton. Ich finde keinen Halt. Ich spüre, dass ich loslasse, dass ich davonfließe. Das ist ein angenehmes Gefühl, das schönste, das ich seit langem hatte. Wie wenn man am Strand liegt, die Sonne steht hoch am Himmel, eine Brise streichelt einen, und man schlummert ein. Dieser Zustand zwischen Schlaf und Wachen.

Da höre ich ihn, den Ton. Er klingt entfernt, weit entfernt in Raum und Zeit. Das Schreien des Kindes. Ich versuche, mich zu bewegen, aber mein Körper scheint in einem Schlammloch zu versinken. *Mutter ist hier,* will ich sagen. *Mutter ist bei dir. Mutter verlässt dich nie.* Die Worte, die man zu einem weinenden Kind sagt. *Mutter verlässt dich nie.*

Ich höre ihn wieder. Einen Schrei, er greift nach meinem wegdämmernden Körper. Er klingt jetzt näher, es klingt, als nähere er sich. Noch ein Schrei, und dann kommt Aram auf mich zu. Sie kommt in Weiß, die Haare als Knoten, die Lippen rot, und auf ihrem Arm ruht das Kind. Einen Augenblick lang ist mir, als sähe ich mich selbst, und dann, als sähe ich Mutter auf mich zukommen mit der neugeborenen Noora auf dem Arm, aber dann macht es klick, und alles wird ganz klar.

Sie schiebt einen Stuhl so nahe es geht ans Bett.

«Mutter», sagt sie. «Mutter, ich bin da. Ich bin hier bei dir.»

Aram hebt meine Arme hoch, tut das, was ich selbst nicht mehr schaffe. Sie kreuzt sie auf meiner Brust. Dann sagt sie diese Worte. Die Worte, nach denen ich mich so lange gesehnt habe, nach denen ich mich sehne, seit ich glaubte, ich hätte aufgehört, mich zu sehnen, aufgehört zu hoffen.

«Sie ist jetzt da. Noora ist da. Mutter, du hast es geschafft.»

Sie legt mir das Kind auf die Brust. Einfach so. Einfach so ist sie hier. Einfach so ist sie zurück. Der Duft von Leben schlägt mir entgegen. Der weiche Duft unberührter Haut, eines neuen Anfangs.

Ich strenge mich an, den Kopf zu beugen, um sie richtig sehen zu können. Aram stützt meinen Kopf und hilft mir, hilft mir, sehen zu können. Das Kind schlägt die Augen auf. Das Kind. Noora. Meine kleine Noora.

Ihre Augen sind leuchtend blau. Blau wie das Meer und die Seen. Blau wie der Schärengarten, wie der Himmel über den Brücken, über die wir gefahren sind, hin und zurück. So wunderschön. Ich spüre sie auf meiner Brust, an meinem Herzen. Ich denke, dass die Schläge meines Herzens in ihren Körper hineinpulsieren, dass sie ihrem Wesen Stärke geben.

«Geliebtes Kind. Ich bin deine Großmutter. Mein Liebes, ich bin deine Großmutter.» Ich weiß nicht, ob ich die Worte tatsächlich laut sage, aber ich sehe, dass sie zuhört. «Ich war es, die dich hierhergebracht hat. Das waren wir.»

Ihre Konturen lösten sich auf, und bald waren sie weg. Das Licht nahm ab. Ich spürte die Schwere meines Körpers im Bett, und die Schwere des Kindes auf meiner Brust. Ich spürte, wie Aram meine Hände zwischen ihren hielt. Das spürte ich, den Druck der Körper, die ich zurücklassen würde. Aram sang. Ihre Stimme folgte mir in das Dunkel, das mich aufnahm. Sie sang meine Lieder für mich, und innerlich lächelte ich. Sie würden unsere Lieder singen, unsere Lieder würden nie aussterben.

Helena von Zweigbergk
Totalschaden
Roman. 352 Seiten. Hardcover mit Schutzumschlag
ISBN 978-3-312-01163-6

Aus Versehen setzt Agneta das Haus in Brand, in dem sie mit ihrem Mann Xavier lebt. Als das Paar plötzlich vor den Trümmern eines langen gemeinsamen Lebens steht, muss es sich mit seinen verdrängten Problemen auseinandersetzen. Wird es ihnen gelingen, sich ein neues Leben aufzubauen? Werden sie Schuld, Groll und Ängste überwinden?

Mit leichter Hand, scharfem Blick und feiner Ironie erzählt Helena von Zweigbergk von den heiteren, aber auch gefährlichen Doppelbödigkeiten einer Ehe.

»Helena von Zweigbergk greift große Themen auf.
Sie zeigt, dass das Leben nie einfach ist und dass die Liebe –
manchmal – gewinnen kann.«

Svenska Dagbladet

NAGEL & KIMCHE

Clarice Lispector

Der große Augenblick

Roman

128 Seiten, btb 71651
Aus dem Portugiesischen von Luis Ruby

**»Ein Glücksfall: Die wagemutigen Romane dieser Autorin
sind aufregende Lektüre.«**
Susanne Mayer, DIE ZEIT

Macabéa schlägt sich in der rauen Hafengegend von Rio de
Janeiro mit Schreibarbeiten durch. Niemand, nicht einmal ihr
Freund, hat das unansehnliche, unterernährte Mädchen aus dem
armen Norden gern. Aber Macabéa besitzt eine große innere
Freiheit: Sie scheint einfach nicht zu wissen, wie unglücklich sie
sein müsste.

»Bestürzend, böse und herzbewegend.«
Christian Thomas, Frankfurter Rundschau

btb